メディアワークス文庫

ミミズクと夜の王
完全版

目　次

プロローグ　―夜の森―

闇の中で木々が騒々《ざわざわ》と薙《な》ぐと、ミミズクの心も粟立《あわだ》つような気がした。

辺りの重たさを一口に闇だと言っても、完全な暗闇ではない。嘘《うそ》のように大きな月がぽっかり夜空に浮かんでいて、明るすぎるぐらいだ。しかしその月明かりは一方で闇の色を濃くする。昼間は鬱蒼《うっそう》とした緑であるこの森も、闇の中ではおぞましく蠢《うごめ》いているようだった。

「っつ！」

鋭い痛みを感じて思わずミミズクは声を上げた。手の甲を見ると、横一文字に赤い線が走っている。若い小枝で切ったのだろう。剥《む》き出《だ》しになった肩や足の甲は、同じように幾筋も傷が出来ていた。

「イヒヒ」

微《かす》かに笑ってミミズクは自分の手の甲を舐《な》めた。血の味。それからちょっと、しょっぱくて、甘い。

（人肌って甘いよね。食べたら美味《おい》しいんかなぁ）

そんなことを思う。

そう思っている間も、森の木々や葉がミミズクの肌を擦っては、新しい傷をつくって行く。

（傷が。あるとね。あったかいんだよね）

だから、幸せだ。寒いより暖かい方が幸せだ。悪くない。悪くない。

その時一陣の風が吹いて、ミミズクの枯れ草のように水気のない髪を揺らした。おかしな風だった。ミミズクの短い髪はふわふわ舞ったのに、隣のシイの木の葉はうんともすんとも言いやしない。

ミミズクはその、三白眼の気がある焦げ茶の目で、風の吹いた方向を見上げた。

（お月様）

お月様が二つ、だった。

天上にはあれほど大きくぽっかり穴をあけているのに、それよりもっと小さくて、けれど全く同じ輝きの目が二つ、じっとこっちを見つめていた。

その身体《からだ》は木の葉の闇に紛れて、一体木の上でどんな格好をしているのか、ミミズクにはわからなかったけれど。

（綺麗《きれい》）

背筋がぞくぞくする。そんな美貌だった。表情まではほとんど見えない。それなのに、凍《い》てつくような美貌だとわかった。ミミズクは頬を持ち上げた。そうしてくすくすと笑った。

(男の人、綺麗な男の人が自分を見ているのがおかしかった。

(男の人、違うかな。人間違うかな)

まぁ、いいや。

(あたし食べてくれんかな)

ミミズクはその手を上に伸ばしてみた。届かないけれどよかった。お月様だって、届かないところにあるんだもの。

「ねーねー綺麗なおにぃさあん」

ミミズクは出来るだけ大きな声で言った。

「あたしのこと、食べてくれませんかぁ…………!?」

二つの月がゆらりと揺らいだ。湖面に映ったお月様みたいね、とミミズクは思った。

ミミズクはどきどきした。

「去れ、人間」

雷でも鳴っているような、ものすごい低音だった。暗闇が騒々揺れた。

声が聞けて嬉《うれ》しくて、ともかくミミズクはにこにこした。

(しあわせだ)

そう思った。

「去れ、人間。私は人間を好まぬ」

好まぬ。キライ。人間が。気が合う。ミミズクも、人の形をしたモノが嫌いだった。

お月様とか、湖とか、どんぐりとかよりもっとずっと、嫌いだった。

「だいじょうぶだよーあたし人間ちがうしー」

両腕を開けるだけ開いた。手首をつなぐ鎖が、ジャラジャラといやに響く音を立てた。

「あたし家畜だよぉー。だからー食べてよお願いだよー」

ミミズクはにこにこ笑って言った。

闇は騒々ざわめく夜で。

月はきらきら光っていた。

第一章　死にたがりやのミミズクと人間嫌いの夜の王

遠く鳥の鳴き声で目を覚ましたミミズクは、今まで当たっていた光がふと遮られたような気がして、何度かまばたきをした。

「起きたか。起きたか。人の子よ。人の娘よ」

耳元でびりびりと声がした。ひどく割れた、聞き取りにくい言葉だった。

(ひとのむすめ)

条件反射のように、にへら、とミミズクの口元は弛緩《しかん》して、笑いが漏れた。

「人ちがうー。あたしミミズクー」

夢の中の声に応えるような軽さで、ミミズクはそう返した。

「ほう」

バサバサと耳元で、今度はコウモリに似た羽音。

「お前は無様に悲鳴を上げたりしないか。たいしたものだ。人にしてはなかなか礼儀を知っている」

「ヒメイー？」

手のひらを押しつけるように両目を擦りながら、ミミズクは出来の悪い鸚鵡《おうむ》のように反復した。

「ワタシの姿を見ただけで、大仰に悲鳴を上げないと、感心しただけのこと」

言われてやっと、ミミズクは顔を上げて声の主を捉えた。

だが至近距離で覗《のぞ》き込《こ》んで来るそれは、とても視界に入りきるものではなく、三白眼の気があるミミズクの瞳の中で、傍《そば》にあるどんな巨木の幹よりも大きな身体をしていた。

ミミズクの視界を全て、覆い込むように遮る体色は青みを帯びた黒。コウモリのような一対の羽、身体はどちらかといえば人に似ていたが、胴体ばかりが筋肉質に大きくて、おかしなことに腕が両側から二本ずつ、にょっきり生えていた。

頭からは乳白色の角が伸び、口は大きく裂けて石榴《ざくろ》の実が熟れて割れるように、黄ばんだ歯と、赤い舌が覗いていた。その口元の赤だけが、浮いたように妙に目立つ。トウモロコシのヒゲのようなたてがみがあるが、目はどこについているかわからなかった。

確かに恐怖を喚起する、異形の姿だった。けれどミミズクは怖いとは思わなかった。まだ、怖い物は何もない。

「………まもの？」

だから軽く小首を傾《かし》げてぽつんとミミズクは聞いた。

「そうだ」

空気を震わせる声で異形の者はそう言い、頷《うなず》く。するとミミズクはそのまま勢いに乗せて問うた。

「あたし喰《く》う？」

「喰わぬ」

即答。ミミズクは「ちぇーなんだ。がっかりー」と唇をとがらせる。

昨夜は綺麗なお兄さんに食べてもらおうと思ったけど食べてくれなかったし、今度はもっと食べてくれそうな外見だったから、期待したのに。

「人の娘、喰われたいのか」

「たいーたいーすごくたいー。ってかあたし人の娘ちゃうーミーミーズークー」

ガチャガチャと両腕両足についた鎖を鳴らしながら、駄々をこねるようにミミズクは言った。

「なんでー？　なんでー？　なんで食べてくれんのー？」

たんたんたん、と魔物の硬い肌を拳で叩《たた》いて、ミミズクは抗議した。しかしその腕に力はなく、魔物の身体は震えもしない。そして魔物が僅かに身体を反らせると、突然その身体が揺らめいた。

「あり？」

次にミミズクが見た時、質素な民家ほどもありそうに思われた魔物の上背は、鶏よりほんの少し大きいかどうかという具合の、小さな体格に変わっていた。

魔物はぶるりと一度身体を震わせると、翼をはためかせて宙に浮き、ミミズクと視線を合わせた。

そして続ける。

「この森の魔物《イエリ》はもともとあまり人喰《ひとく》いはせぬし、いかにお前が喰えと言ってもワタシはお前を喰えぬよ」

ぴたりとミミズクは動きを止めた。イエリ、という響きには聞き覚えがあった。記憶のどこかで、魔物をそんな風に呼ぶ人間もいた。魔物の割れた声で語られる説明は相変わらずミミズクを納得させない。言葉の意味はわかっても、その言い方が、なんだか聞いたことのない異国の言葉のように、ミミズクには響いたのだ。

聞いたことのない、言葉のように。

「どうして？」

ミミズクよりずっと小さいからかな。食べきれなくて残しちゃうからかな。昨日のおっきいのだったらきっと丁度いいのにと、そんなことを思いながらミミズクが問うと、
魔物は答えた。

「何故《なぜ》ならば、何故ならば何故ならば。お前は夜の王にお目通りをし、今こうしてここ

にある。夜の王が見逃したモノを、ワタシがどうこうは出来ぬ」

「よるのおー？」

「夜の王、だ。月の瞳を持つこの森絶対の支配者だ」

噛《か》んで含めるように、言葉にさえも畏敬の念を滲《にじ》ませて、魔物はそう言葉を乗せる。

その言い方にミミズクは顎を上げた。

「あーあの綺麗なお兄さんだー」

にこにこ笑って言う。月の瞳だ。間違いない。きらきらしていた。綺麗だった。まだ
ミミズクは覚えていた。

「あのお兄さんどうしたの？」

「お前を喰わなかったろう」

「うん」

どれだけ言っても食べてくれなかったから、結局その木の根元で眠ってしまったのだ。

地面の上だと土と水の匂いがしてよく眠れる。

「ならばお前はもう、この森の、夜の森の、どの魔物にも喰われたりはせぬよ」

魔物は断言した。

「ふぅん」とミミズクは頷く。よくわからなかったけど。とにかくあの人が自分を食べ
なかったから、もうどの魔物もミミズクを食べてくれることはないらしい。でもそれは

困る。せっかく食べてもらおうと、ここまで来たのに。

「じゃあー、やっぱりー、あの人に喰ってもらおーっと」

よろよろとふらつきながら、ミミズクは立ち上がった。けれどおかしな体勢で眠ったせいで、鬱血した足は青く痺《しび》れていて、もう一度、果実が落ちるように根元に転がる。

「何をしている?」

「やっぱもうちょっと寝るー。寝たら怒るー?」

「別にワタシは怒らぬが……」

魔物はそう言って、ミミズクの目の前に降り立った。

「おぬし、変だぞ」

「変ー?　いや、あたし変かもだけど、だから、ぬしとかお前ちがくて、ミミズクなのよー」

「ミミズク。夜の鳥の名だ」

「うん、そう」

「よい名だ」

言われてミミズクは照れて、「きゃー」とくすくす笑った。こんなに幸せな気分が今まであっただろうかと思う。

「魔物さーん、お名前はー?」

ミミズクの問いに魔物は答えた。

「────・────」

「へ？　ごめんーもっかいー」

「無駄だ。魔物の名は人間の耳には聞き取れぬよ」

「じゃあー、なんて呼んだらいいのー？」

「好きに呼ぶがよい。人間は名前をつけるのが好きな生き物だろう？」

そう言って、魔物は上の両腕で、腕組みをした。

「んー……」

ミミズクは、（人間違うんだけどな）と思いながら、少し考えた。けれど、あまり深くは考えられず、にへら、と笑って言った。

「じゃあー。クロ、クロ、でいい？」

「クロ、か。夜の色の名だ」

クロは頷く。気に入ってくれたようで、ミミズクはくすくすと笑う。笑って、そろそろと上半身を起こした。

「ミミズクよ。草で切れて血が流れているぞ」

クロが下の左手でミミズクの頬を指して言った。けれど「あ、そうー？」とミミズクは答えただけだった。言われるままに傷口に触れたら、余計なばい菌が入ってきっと痛む。それを知っていたから。ミミズクはどこもかしこも泥だらけで、傷だらけだった。

近くの小枝に掴《つか》まりながら立ち上がると、クロがその頭の上に乗った。不思議と、重さは感じられなかった。

「ミミズクよ」

「んー？」

「この額の数字は、まじないか」

「あーあーこれー？」

言ってミミズクは自分の額を二度、景気付けのように叩いた。茶色の髪から見え隠れする額には、数字が三つ、置かれていた。

ミミズクは正直に答えた。

「さんびゃくさんじゅうにば——ん」

「だから、なんだ」

「ミミズクの番号でーす」

「ふむ。わからんな」

クロの答えも正直だった。

「怒った？」

「別に怒ってはおらぬよ」

クロは静かにそう答えた。相変わらずミミズクはどきどきした。夢かも、と少し思った。さっきからおかしな気分だ。聞き覚えのない言葉達だ。

なんだか。

「ねーえクロちゃーん？　なんだか変ー」

「なんだ」

「どーしてあたしに、優しくしてくれんの？」

裸足《はだし》で木の葉と草を踏みつけて、ミミズクは問うた。ミミズクの足の裏の皮はもうずいぶん硬くなっていて、とがった小石程度では切れることもない。

「ワタシが優しいか？」

逆にクロは問い返した。

「うんー。優しぃー」

けらけら笑いながらミミズクは言った。足をつなぐ鎖が木の根に引っ掛かってミミズクは転びそうになった。

「ギャッ！」

けれど顔から地面に激突はしなかった。ポン！　と妙な音がした。前のめりになったミミズクの身体がバネのように跳ね返って、今度は後ろに倒れそうになった。

「わ、わ、わ！」

慌てて体勢を立て直す。

なんとか保《も》った。何が起こったかミミズクにはよくわからなかったが、ギャッギャッギャ、と耳につく音がした。

「今のはそう、〝優しい〟部類に入ろうて」

クロの笑い声だった。

「今の、クロちゃん？」

「然《しか》り。しかりしかりしかりしかり！」

「どうして？」

足を止めて、上目遣いでミミズクはクロを見た。頭の天辺《てっぺん》に乗ったクロの翼だけが、僅かに視界に入った。

「理由が必要か。そうか人とはそういう生き物か」

その言葉にミミズクはゆるく首を振った。頭の上のクロを落とさぬように注意を払って。

「人のことはミミズクだからわかんないけど。どうしてかは聞きたいよ。どうしたら優しくしてもらえんだか、方法あるんだったら、あたしだって知りたいもの」

ギャッギャッギャ、とその耳障りな音は、クロの笑い声のようだった。

突然頭から降りて、ミミズクの眼前に現れて、クロは言った。

「ワタシは知識が欲しいのだ」

「チシキ？」

「知ることが好きなのだ。人のことはどれだけ本を読んでもとんと理解出来ぬ。おぬしは人だ。故に観察をしておるのだ」

まばたきをしてミミズクはその言葉を考えた。

（目がないのにどうやって本読むんだろ？）

じゃなくて。

（クロちゃんは人が知りたい。ミミズクは人。人だから優しくしてくれる）

むー、と唸《うな》ってミミズクは考える。

（ならもう、クロちゃんにミミズク人じゃないって言うのやめることにする）

「クロちゃーんわかったー。びっくりだわ」

「ほほう。ミミズクよ何を理解した？」

ミミズクの頭の上に戻って、クロは興味深く問うた。

ミミズクは答える。

「まだ、ミミズク人でも、喜んでくれる人いるんねぇ。びっくりだわ」

歩き出す。足下の鎖を引っ掛けないように気をつけながら。ぱたぱたと頭の上で羽音がした。

「……ワタシは人ではないが」

どこか考え込んだ口調で、クロが言った。

「やはりおぬしは変だぞ、ミミズク」

言われてミミズクはえへへと笑った。

ずいぶん幸せな気分だった。


「夜の森」と呼ばれるその森は、むせ返るような緑に溢《あふ》れ、所々に吹《ふ》き溜《だ》まりのような暗部をつくり出していた。時折鳥のような羽音が聞こえるが、見上げても動物らしきものの姿はない。遠くで何ものかの息遣いが聞こえるような気もするが、ミミズクには魔物の姿をその目に捉えることは出来なかった。

一人で歩き出そうとしていたミミズクの、案内を買って出たのはクロだった。ミミズクはそこでも大きな驚きを感じたけれど、上手《うま》く言葉に表すことが出来なかった。クロを頭に乗せて、森を進む。ジャラジャラと足下の鎖だけが大きな音を響かせていた。

「…………あんまり魔物さんいないんね」

想像していた魔物の森とは大きな隔たりがあるような気がして、ミミズクは呟《つぶや》いていた。

「ふむ。そういう道を通っておるからな」

頭の上でクロは言う。

「この辺りの川べりは、昼間には魔物はなかなか出《い》でぬよ」

「ふぅん」

ミミズクは身体を左右に揺らしながら歩いていたが、川辺に歩み寄ると突然、しゃがみ込んで川の水に手を入れた。流れる水の冷たさを感じながら、何度も何度も擦るように手を洗った。鬱々とした森を流れる水脈はけれど、ひどく透明で澄んでいた。そしてミミズクは何の前振りもなしに、顔を川の水につける。

耳元で慌ててクロが羽を羽ばたかせた。

「ミ、ミミズク！」

「っぷはあー」

顔と前髪を水で濡《ぬ》らしたミミズクが、顔を上げる。

「あ、クロちゃんごめんー」

口元を乱暴な仕草でぬぐいながら棒読みな口調でそう言って、「うぅん、顔に水しみて痛い」とミミズクは眉を寄せた。

「なんだ。水を飲んだのか」

「飲んだのよ」

「傷口にしみるのならば手で掬《すく》えばよかろうに」

言われてミミズクは初めて気づいたというように自分の手をまじまじと見つめた。あかぎれて筋の浮いた手は今の今まで洗っていたためにまだ濡れて光っている。

「あれ」

何度か握って開いてを繰り返す。

「うん……」

微かに首を傾けて、そして唐突にミミズクは立ち上がって言う。

「行こうー。クロちゃん！」

答えにはなっていなかったが、クロは「ふむ」と小さく呟いて、またミミズクの頭の上に乗る。ミミズクはそれまでの会話を綺麗に忘却したように調子を変えて言った。

「よるのおーは、どこにいんのー？」

「ここを真《ま》っ直《す》ぐだが……」

そこで羽音を鳴らして、クロはミミズクを覗き込んだ。

「本当に行くのかね、ミミズク」

「ほんとて？」

意味がわからなくて、ミミズクは笑って聞き返す。

「彼《か》の王はおぬしに去れと言ったのだろう。再びその身を眼前に晒《さら》して、命があるとは思うな。いつ逆鱗《げきりん》に触れ、一瞬で灰になるか、水に溶かされるか」

「喰われるか？」

ミミズクの問い掛けは弾んでいた。

濁りのある三白眼にそれでも光をたたえて、ミミズクは本当に「喰われる」ことを望んでいたのだった。

クロはじっとその目を見て、右の上の腕を上げた。

「決めるのはおぬしだ。ならば行くがよい、ミミズク。機会があれば。運命が許せば、世界が許せば。またこうして会えることもあろう」

「クロちゃんは行かないのー？」

ミミズクの問いにクロは笑って言った。

「呼ばれておらぬからな」

そういうものかなとミミズクは思う。そういうものかも、とも思う。

呼ばれなければ行かない。その気持ちはわかるなぁとミミズクは思って笑った。

「んじゃあ、行って来るー」

森の深い緑がぽっかり口を開けていた。けれどミミズクは恐ろしいとは思わなかった。

一人きり、森へ、踏み出す。

クロを置いてジャラジャラと鎖の音を響かせて、ミミズクは迷いなく森を進んだ。クロがもうついて来てくれないことを、心細いとは思わなかった。この森に着くまで、長い道のりを一人で歩きづめたミミズクだった。それまでは、ずっと一人になりたいと願っていたミミズクだった。

鎖を鳴らして、歩みを進める。蔦《つた》が木々に絡みついて壁のようになっている障害を無理矢理抜けると、突然辺りが開けた。

「わぁ……」

思わずミミズクは声を上げる。

森の真ん中に、朽ちかけた大きな屋敷《やしき》があった。けれどミミズクの目を奪ったのはそんなものではなかった。扉の前に鎮座するのは、鴉《からす》の羽より滑らかで美しい、大きな漆黒の翼だった。

ゆらりとその翼が動く。

そこで初めてミミズクは光の中、夜の王と向き合った。

緑の合間を差し込む陽《ひ》の光が映し出す、それは「王」と呼ばれる魔物の姿。

ミミズクの喉が知らず鳴った。奥歯が噛《か》み合《あ》わず、かちかちと細やかな音を立てる。

足の先から震えが来て、ミミズクの身体が痺れるように揺れた。

けれど彼女にはわからなかった。

畏怖や怯《おび》え。それらを感じる回路を、もうミミズクは持たなかった。

「……あー」

半分だけ口を開いて、言葉にならない、一音を上げる。

「あー………」

何を言おう。何を言ったらいいのだろう。

(ああそうだ、食べてと)

言わなくちゃ。

そう、思った時だった。

「何故に、来た」

夜の王の薄い唇が微かに動き、冷え冷えとした言葉を紡いだ。剝き出しの刃を彷彿《ほうふつ》とさせる硬質の声だった。

その目に睨《にら》まれて、普通の人間ならば凍り付いてしまいそうな視線を、けれどミミズクは微かな驚きを持って受け入れた。

(あれれ?)

まばたきをする。

（ぎんいろだ）

昨晩は確かにあの月と同じ色をしていた、夜の王の目が、今は白く、銀色に輝いていた。

（おつきさまのいろ）

けれどミミズクは思う。

（まひるの、おつきさまのいろだ）

記憶の中にあるものとは変わっていた。けれど別物だとは思わなかった。確かにそこにあるのは小さな月だと、同じ光だとミミズクは確信をした。

「綺麗ー」

小さく呟いた。それを聞きとがめたのか、夜の王は不快げに眉根を寄せた。その目元から頬に走る入れ墨のような複雑な紋様も、美しいとミミズクは思った。

「去れ。自分の場所へ。帰れ。人の娘よ」

殺意さえこもった言葉。

けれどミミズクは、言い返すのに躊躇《ためら》いを持たなかった。

「帰るところなんてないよ」

高らかに声を上げた。これまで、夜の王に向けて、一人の弱者である人間が、ここまで高らかに敵意のない声を上げたことはなかった。

「帰るところなんてないよ。ミミズクには最初から、自分の場所なんてないよう……！」

だって殴られたことしかなかった。だって「村」の人達は、痛いことしかミミズクにしてくれなかった。ミミズクの場所はあんなところではないと思いたかった。

もうどこにも帰ったりしなくてもいいのだと、思いたかった。

「ねえーねぇえー人間なんて言わないでよう。あたしミミズク、ミミズクだよー！」

声を張り上げると頭がくらくらした。いつものことなのに、なんだか立っていられなかった。両膝をついて、肩から地に落ちた。

「ねえあたしを食べてよ」

段々視界が灰色に変わって行く。口を動かし言葉を紡ぎながら、眠らなくちゃいけないのかとミミズクは思った。このまま懇願を続けたかったけれど、身体が言うことをきかない。眠らなくちゃ。身体の中で色んなものが足りなくて軋《きし》むから、眠らなくちゃ駄目よと誰かが言う。

ああおかしいな。水を飲んだのに。

「あたしを食べてよ。夜の、王様……」

草の上に倒れて仰《あおむ》向けになって手を伸ばした。銀色の真昼の月が二つ、こちらを見ていた。

「お願いだよ。あたしを、食べ、て…………」

腕についた鎖が重くて、伸ばした手も地に落ちる。

泥の沼に沈んで行くような睡魔に襲われながら、ああそれでも白月が、夜の王の瞳が美しいと、ただそれだけを思ってミミズクはまぶたを閉じた。

でも、また目を覚ましたいな。

薄れる意識の中で、ミミズクはそう思った。

いつも眠る時は、もう起きなければいいと思って眠ることにしていたけれど。

二つの月を見ていたら、なんだかどれくらいかぶりに、もう一度目が覚めたって構わないなと、そんなことを思ったのだった。

名前を呼ばれた気がして、ミミズクはそっとまぶたを上げた。

夕焼けで空が赤い、と思った瞬間だった。上から何かがばらばらと降って来た。

「ぎゃあ！」

思わず蛙《かえる》のつぶれたような悲鳴を上げる。

半身を起こして空から降って来た物を見て、ミミズクは目の玉が落ちてしまいそうなほど目を見開いた。

アケビや山葡萄《やまぶどう》、それから見たこともないような色鮮やかな果物。

空から山のように降って来たのはそんな物だった。

半分口を開けて顔を上げる。ぱたぱたと薄く赤い空を背にしてそこにいたのは、クロだった。大きさは別れた時のまま、ミミズクでも楽に抱え込める体軀《たいく》だ。

「クロちゃん！」とミミズクは声を上げる。それから戸惑いのまま腕をおかしな感じに動かした。

「え、あ、あの、コレ何？」

自分を埋める果物を指して、ミミズクがクロに問うた。

「何とて、見るままよ」

クロは上の両手に生の魚を持っていて、自分の身体ほどもあるそれを一尾、空に放り投げて石榴の口に流し込んだ。魚が水に還《かえ》るような丸吞《まるの》みの仕方だった。そして言う。

「腹が減っておるだろう？　ミミズク」

「え、え、え」

ミミズクは余計に慌てる。

「え。これ……ミミズク、の？」

果物を指して言う。

「うむ。人間は魚をどうするのだったかな」

言ってクロはミミズクの傍に降り立ち、木の枝を一本掴むと器用に魚を刺した。

空中に豪快な円を描くように、何度か魚を振ると、その瞬間突然炎が魚を包んだ。ミミズクが驚いて仰《の》け反《ぞ》っている間に、みるみる火は静まり、漂うのは焼けた魚の香ばしい匂い。不思議なことに、クロの持った木の枝の部分は全く焼けた様子がなかった。出来上がりを見てクロは満足げに頷くと、

「ほれ」

ミミズクにその魚を差し出した。

「え、え」

反射的に受け取る。けれどミミズクはまだ夢の中にいるようで、全く状況が掴めていなかった。掴めていなかったけれど、とりあえず渡された魚に口をつけた。思考よりも本能が先に立って、むさぼるように食らいついていた。中がまだ生焼けだったのかも知れないが、後にも先にもミミズクにはその味なんて全く記憶に残らなかった。

だって、本当にどれくらいかぶりの食事だったのだから。こんなもの、食べたことがあったかしらと脳裏にそんな言葉が掠《かす》めた。

「一つ言わせてもらうがなミミズク。死んだ魚は逃げたりはせぬぞ？」

ぱたぱたと羽音を鳴らしてクロがそんなことを言った。一匹魚を目玉まで全部食べつくし、口元にぼろぼろと屑《くず》をつけて改めてミミズクは聞いた。

「あれ。クロちゃん、なんでいるの？」

ミミズクはぐるりと辺りを見回した。そこはまだ夜の王の館の前だった。もう夜の王はどこかに行ってしまったのか、姿は見えなかった。けれど、クロは一緒に来なかったはずではなかったたか。

その質問に「ふむ」とクロが上の両腕を組んだ。

「それがワタシにもどうにも確かな判別はつけ難《がた》いのだがな」

それからまた浮かび上がって、ぽん、ぽん、とミミズクの頭を叩いた。

「運命がお前を許したのか。夜光の君がお許しになられたのか。いかにも判別がつきにくい。だからこそ問おうミミズクよ」

ぱちぱちとミミズクはまばたきをした。

クロは問うた。

「死をも恐れず、ここに居座ることを望むか。ミミズクよ」

「え、いてもいい!?」

ミミズクは歓喜の声を上げた。

「ねえねえクロちゃん！　ミミズクここにいてもいいの!?」

「決して幸福は約束出来ぬ。明日にも殺されるやも知れぬ。それでもよいと言うのか」

その言葉にミミズクはへら、と笑ってもう一度地面に倒れ込んだ。

一度に多量に食べすぎて、胃袋がきりきりと痛んでいたから。

「あのねー、だってクロちゃんあんねー」

へらへらと笑いながら、ミミズクは両手を伸ばして上げた。

歌うように鎖が鳴った。

「ミミズクのいっちゃんのしあわせはー、だって夜の王に食べてもらうことだものー」

くすくすと、本当に幸せそうに、ミミズクはそう言った。

そうして死にたがりやのミミズクは、そっと喉を鳴らして呟いた。

「あー、あたし、しあわせで死んじゃいそうよ」

死にたがりやの小さな少女はそうして笑う。クロは「ふむ」と小さく一つ頷くと、

「哀れなものよ」

そう、小さく小さく呟いた。

けれどその言葉はあんまりに難しすぎて、ミミズクにはわからなかったから、「えへへ」と小さく笑って誤魔化しておいた。

「ねぇクロちゃん」

「なんだミミズク」

「夜の王は、綺麗だねぇ」

幸せそうにミミズクが言うと、クロは今更何を言う、という口調で、

「当たり前だ。王なのだから」

その言葉にまたミミズクの口元からくすくすと笑いが漏れた。

魔物の森に夜のとばりが降りて来る。

目をこらして天を仰ぎながら、ああ夜の王の瞳もまた金へと変わったのだろうかと、ミミズクはぼんやり考えていた。

幸せってこういうことかな。

そう、思いながら。

第二章　幸福への閾値《いきち》

大の大人が両の腕を精一杯伸ばしたところで一枚の窓の端から端まで届かない、そんなひどく大きな出窓から明るい陽の光が差し込んで、赤い絨毯《じゅうたん》を照らしていた。豪奢《ごうしゃ》な絵画が飾られた広い室内では、二人の男性が向かい合わせで座っている。

「チェックだよ」

かつんと白のビショップを長い指で動かして、まだ年若い青年が軽く言った。太陽の光と、大きなシャンデリアの光を反射する髪は美しい金。精悍《せいかん》な身体つきだが青の瞳が優しげな、どこか少年の色を残す青年だった。

向かい合わせてつくりのいい椅子に座るのは、灰色の髪をした、初老に差し掛かった男性。

男は髪と揃《そろ》いの色素の薄い眼球を、盤の上でついと動かした。大理石を削り取ってつくられた黒色のルークを走らせて、動揺もなくビショップを取る。

「そういえばザイ・ガーン傘下の公国とセチリアが同盟を結んだんだって？」

青年が軽くポーンをずらしてそんなことを言う。

「誰から聞いた」

チェスの盤から顔を上げずに男は問う。

「こないだ酒場に来たセチリアからの旅人。ガーダルシアが開港したようだからね。ずいぶん繁盛してるよ」

口笛と共に青年はそう答えた。男はその答えに一つ息をつく。硬い皮の指を動かしてナイトを進めた。

「チェックだ」

青年はその攻勢をクイーンを使って巧みに避ける。

「セチリアはよく保ったねぇ」

「……あの国の軍は数こそ少ないが選《え》り抜《ぬ》きだからな。陥落は難しかったろう」

鹿爪《しかつめ》らしい顔で男は言う。眉根に刻まれた皺《しわ》が年齢を感じさせた。

「また一つザイ・ガーンに下る、か」

独り言のように青年は言うと、顔を上げてにっこりと笑った。笑うととたんに幼い印象が垣間《かいま》見《み》える。

「そういえばゼリアーデ侯の赤ん坊、昨日生まれたってさ。うちの奥方が祝いを持って行かなくちゃって騒いでたよ」

「ゼリアーデ夫人も無事か？」

「ああ。母子共に健康だって」

「何よりだ」

眉間に皺を刻んだままで男はそう言った。もう少し嬉しそうな顔をしてもいいのにと、青年は苦笑する。

キングを動かす男の指先が、躊躇いがちに揺れた。

「……クローディアスは元気か」

その問いにふっと青年は顔を上げてから、失礼ではない程度に小さく噴き出す。

「どうして僕に聞くのかな。ディアの父親は僕じゃないよ？」

「私が行けば必ず元気に振る舞うからな」

そう言う男の口調はどこか腐っていて、ああ、と青年は堪えきれず笑ってしまった。

「元気だよ。僕が見てる限りではね」

そしてくるり、とナイトを一つ動かした。

「はい、チェックメイト」

瞬く間に陥落されたキングを、男はまじまじと目を大きく開いて見つめた。

何か間違いがあったのではないかと舐め回すように見るが、どうやら自分の完敗らしいとわかると、ため息を一つついて背中を椅子の背もたれに押しつける。

「アン・デューク、お前は……自分の国の王に勝ちを譲ろうとは思わんのか」

呆《あき》れたような声に、アン・デュークと呼ばれた青年は駒を置いて立ち上がる。そして笑って言った。

「国王陛下。ここはやはり、国の看板騎士に華を持たせるべきかと」

ふざけたような口調で告げると、国王を名乗る男はほんの一瞬真面目な目をして言った。

「ならばレッドアークの看板騎士よ。魔王討伐の話は考えてくれたか？」

青年の返答は早かった。

「やだよそんな面倒なこと」

そしてアン・デュークは手をひらひらと振って、「それじゃあ国王陛下はご政務にはげむことだ。これ以上遊んでたら僕まで大臣の説教を食らうはめになるよ」と笑い、大きな樫《かし》の扉を開いて出て行った。

残された男は深い深い息をついて、

「…………聖騎士が聞いて呆れるわ。国一番の出不精の騎士め」

一つ、憎々しげに呟いたのだった。

そこは王都レッドアーク。夜の森にほど近い、緑豊かな小国の王城。その王の私室の中での光景だった。

宵の口になってミミズクは巨木の下で目を覚ました。

しばらく微睡《まどろ》んだ後に近くの川にのろのろと顔を洗いに行く。落ちかけた夕焼けが森を赤く染めていた。既に太陽は姿を消して、残り火のような橙《だいだい》が辺りをやわらかく照らしているだけだった。

ミミズクは小川に顔を映し出す。

光の加減もあるのだろう、ほんの少しだけ血色のよくなった顔だった。相変わらず身体は哀れに痩せこけていたが、浮き出た頬骨があまり目立たなくなった。

二日に一度ほどの割合で、クロはミミズクの元まで食べ物を届けてくれた。呼べばいつでも持って来てやるとクロは言ったが、その必要は感じられなかった。探し回ればこの森にも食べられるものは溢れていたし、何よりクロから与えられる食事はもうそれだけで十分すぎて、最初のうちは食べすぎて嘔吐《おうと》することもしばしばだった。

勢いのまま川に顔をつけて、顔を洗うついでに口の中をすすぐ。

前髪が濡れてしまって、水滴がしたたった。水面に映る自分の額に、いつもの数字が見えた。前髪から落ちる水滴が、その数字を揺らす。

何かを思い出してしまいそうで、ミミズクは目を閉じた。もうたくさん眠ったから、眠くはないのに。

やがて顔を上げ、鎖を鳴らして立ち上がり、歩き出す。

この森ではミミズクに仕事がなかった。森に来る前は朝から晩まで、あるいは夜通し働いて、そんなことが当たり前だったから、何もすることがないのはおかしな感じだった。

(さがしにいこう)

眠るのに飽きて食べるものも欲しくなくなると、ミミズクは決まってそうして夜の王を探しに彷徨《さまよ》った。

夜の森は広いから、見つけられることもあれば見つけられないこともある。最初のうちは見当もつかなかったけれど、毎日のように探していると、なんだかわかるようになって来た。

(しずかなところ)

世界で一人だけのような場所。何も、息遣いが聞こえないところ。

木の上。

水のあるところとか。

(そんで、きれいなところ)

夜の王がいるのは森の中でも、決まってそんな場所だった。

館に入ろうとは思わなかった。何故ならクロがやめておけと言ったから。夜の王が不快になる、だから入るなとミミズクは言い含められていた。

そう言われたら、入る気もなくなる。けれどそのくせ、クロはミミズクに、夜の王を探し回るなとは言わなかった。

それは一体どういうことなのか。ミミズクには知りようもない。

ミミズクは足下の鎖を鳴らしながら、歩き続けた。やがて辺りが闇に覆われ、月の光がゆるく静かに森の上辺を照らす頃。

(あ)

ミミズクは足を止めた。森の中でも、ほんの少し開けた場所だった。

辺りはひどく静かだった。闇に潜む、魔物の息遣いさえ聞こえなかった。ミミズクは周りを見回す。

「あ」

声を上げた。歓喜の声だった。大きなシイの枯れ木の太い枝に、夜の王がいた。ミミズクが声を上げても、こちらに目を向ける素振りもなかった。ミミズクは下から、その金色に変わった月の瞳を見つめた。

(きょうも、きれい)

幸せな気分になった。

「あー……あー……おうさまあ……」

いつも何度こうしても、声を掛けるのを迷う。ほんの少し躊躇いがある。けれど他に、方法を知らない。

「おうさまぁ…………」

呼びながら、ミミズクはその枯れ木の根元まで来て、へたりと座り込んだ。今日はそれほど高い木の上ではなかったから、夜の王はとてもよく見えた。幸せだった。

「あのね、あのねあのねあのねあのね」

ミミズクは大きく息を吸って、何事かを喋《しゃべ》ろうと努めた。夜の王に干渉する、それがただ一つの方法だったから。

最初は働くと言ったのだ。

『水くみをするよ』

いつも「村」でやらされていた仕事を、けれど自分からすると言ったのは初めてだった。

『火をおこす？　水をくむ？　ごみを埋める？　ねえ。ミミズクはなんでもするよー』

なんでもするよ。どんなことでもするよ。大丈夫。死んでしまうようなことだって、なんだってするから。

けれど夜の王の答えは簡潔だった。

『目障りだ』

低い声で。月の瞳で。ミミズクを道ばたの石ころ程度の扱いしかしてくれなかった。


(だいじょうぶ、なれてる)

ミミズクは夜の王の拒絶を思い出しながら、そう思った。そんな扱いは、慣れてるから大丈夫だ。けれどどうしてだろう。同じ扱いなのに、「村」の人達とは違う気がした。

何が違うのだろう。

「あんねー、あたしねぇ、名前ミミズクってえの、自分でつけたんよう」

ミミズクは語り出していた。何故だろう。目障りだと言われたのに、それなのに消えてしまおうとは思わなかった。昔のように、あの「村」にいた時のように、消えたい気持ちにはならなかった。

言葉が届けば何かになる気がした。口にした言葉は誰かの鼓膜を震わせるだろう。それが、夜の王であれば、幸福な気がしたのだ。それだけで。

「あたしミミズク違ったのー。あたしぃ、村で、奴隷しててー、奴隷する前覚えちゃいないんだけどー、そん時名前ミミズだったの。クソとか、悪魔とか呼ばれたりもしたけどねー、ミミズって名前でー、ミミズって知ってるー? 泥食べんだよーだからあんたも食べなさいって泥投げられるんだけど、そんなん、食べられるわけないよぅ」

　ミミズクがけらけらと笑った。

　笑って続けた。

「だからあたし、ミミズにクをつけて、ミミズクって、自分のこと呼ばれてると思うことにしたんだよー。っていってもミミズとか食べるわけじゃないんだよー？」

　そう言って、自分の言ったことにおかしくなって、「キャハハハハ」とミミズクは笑った。笑うと顔の筋肉が痙攣《けいれん》するようだった。

「…………愚かな」

　突然声がした。ミミズクは肩を跳び上がらせて顔を上げる。

　月明かりを背にしているから、夜の王がどんな表情をしているか、よくわからない。けれどその、金の瞳が、こちらを見ていることがわかった。

　背筋が震える感じがした。

　痺れるほどの、快楽。

　そうして夜の王は続けて言った。

「〝苦〟だけを付け足したか。ミミズだけの方がまだ、ましであったかも知れぬものを」

　ミミズクは何度もまばたきをした。どうしていいかわからなかった。だからへにょりと、力なく笑った。

「んー？」

顔の筋肉を弛緩させたらなんだか少し楽になった。頭を左右交互に揺らす。

それから、深くは考えずに言った。

「んー、クって苦しむの苦ー？　えぇーでもだってー、可愛《かわい》いと幸せだし。苦しんでも、幸せのがよくなぁーイ？」

ミミズクはじゃらりと鎖を鳴らして、立ち上がった。手を伸ばしても届かないと、知っていたけれど。

「ねえー、おうさまーあ」

吸い寄せられるように言うと、夜の王がまた口を開いた。

「獣を称する娘」

空気を響かせるその声。

「お前は魔物ではない。私はお前の、王ではない」

その言葉に、ミミズクはまた理解が追いつかず、戸惑った。それはそうだった。当たり前のことを夜の王は言っていた。

ミミズクは自分が人ではないと思っていた。

けれど魔物でもないと思っていた。悪魔と呼ばれたこともあったけれど、あれはなんだか違う気がした。ミミズクはむしろ魔物になりたかった。魔物になって、夜の王の傍に行けるなら、人になるよりずっといい気がした。けれど無理だと思った。自分に無理なことなんて多すぎて、もう出来ることが何かなんてわからなかった。

「えっとー」

それでも足りない頭で考えた。つまり王とはもう呼べない。ミミズクは魔物ではないから。

（好きに呼ぶがよいよ）

クロの言葉が頭を掠めた。ミミズクはにへら、と笑って言った。

「んじゃあー。フクロウー！」

人差し指を立ててミミズクは言う。

「フクロウー！　フクロウって呼ぶよ！」

ミミズクとフクロウ。自分と揃いだった。夜の王はそれを了承したのか、拒絶したのか、興味をなくしたようにふっと視線を逸《そ》らせた。

ミミズクはフクロウの見ている視線の先を知りたかった。何を見て、何を思っているのだろう。けれど視線の先に何かがあるなんて、そんなことは思い過ごしかも知れない。だって、「村」にいたあの頃、ミミズクはいつも、理由もなく宙を見つめていたから。

思考を止めて、時間を止めて。

まるで死んでしまったように。

　ぼんやりとあの日々を思い出す。長い間、気の遠くなるほど長い間、ミミズクはあの「村」にいたのに、所々、記憶が不鮮明で、崩れてしまっているようだった。どうせそんな風になるのなら、何もかも、なくなってしまえばいいのに。

「ねぇ。ねぇフクロウ」

　囁《ささや》くようにミミズクは言う。

「どうしてミミズク、食べてくれないの……？」

　せっかくここまで来たのに。もう一歩も歩きたくなくても、この森に来れば食べてもらえると、それだけを願って、歩いて来たのに。

「食べてよぅ……お願いだよぉ……」

　すると木の上で、フクロウが動く気配がした。顔を上げる。漆黒の翼が、羽ばたこうとするかのように何度か動いた。

（いっちゃう）

　ミミズクの前から消えてしまうのはいつものことだった。今日など、これだけ一緒にいられたのだからいつもよりずっとずっと長い方だ。幸福な方だ。

　けれどミミズクは手を伸ばした。届かないとわかっていても、伸ばさずにはいられなかった。

（いかないで）

綺麗な綺麗な、夜の王様。

「行かないでよ……行かないで……！」

次の瞬間だった。

ミミズクの目の前に、突如として、二つの月が現れた。二つの月。心臓が止まりそうになった。鼻先に、フクロウの綺麗な顔があって。

その薄い唇が動いた。

「人など喰らえば、反吐《へど》が出る」

そうして一際大きく翼が羽ばたき。

まばたき一つ。次の瞬間にはもう、夜の王は闇の中へとかき消えていた。

一枚だけ、真っ黒の羽が地に落ちている。

ミミズクは力が抜けたように座り込むと、その羽を掴んで地面に両手をつけて、唇を嚙む。

「違うもん……」

なんだろう。よくわからなかったけれど、胸が詰まった。

「ミミズク、人間じゃないもん………」

耳が痛いほどに夜の森には静寂が訪れていた。その中で、ミミズクは座り込んで、ずっとずっと俯《うつむ》いていた。

胸が詰まって仕方がなかった。もう、痛む心もないというのに。

微かな陽の差し込む森の中で、クロの持って来た石榴の実を口にしながら、ミミズクはぽつりと聞いた。

「ねぇクロちゃん。あたし、フクロウに食べてもらうにはどうしたらいいかなぁ」

ミミズクの言葉にクロはぱたりと翼を震わせた。いつものように小さな方の体軀で、ミミズクの座る向かいにいる。

「フクロウ？」

クロが不思議そうに聞き返すから、ミミズクは付け加えた。

「あ。夜のおーの名前ー。あたし魔物違うから、王じゃないって言われてー、だから、何て呼ぼうかと思って、フクロウにしたのよ」

「夜の王をそう呼んだのか？」

「うんー。呼んだー」

「………………ふむ」

クロは上下どちらの腕も組んで、ほんの少し考え込むような仕草をした。

「梟《ふくろう》王か。まさにまさに。それもよかろう」

唸るように言って、それからクロは顔を上げる。

「ミミズクよ」

「あいー」

呼ばれてミミズクは返事をする。そういえば、ミミズクをミミズクと呼んでくれた人は、今まで誰もいなかったことに気づく。クロは人ではないけれど、人よりずっと素敵だった。

クロはそうしてゆっくりと言葉を紡いだ。

「おぬしは気づいてはおらぬのだろう。しかしおぬしはたくさんのことを許されている」

「許すー？」

こてんとミミズクが首を折る。「然り」とクロは頷いた。

「されば、ミミズクよ館へ行くがよい」

「館ー？　館って、フクロウの？　行ってもいいかなぁ」

「本来ならば許されぬ。お前はお怒りを買うかも知れぬ」

そうしてクロは音を立てて飛んで、ずいとミミズクの目線に自分の目線を合わせた。

「しかし、許されざれば殺されよう。許しがあれば何かが変わろう。ミミズクよ、死さえも恐れはせぬと言うなら、おぬしは今更何を恐れる？」

クロの言う言葉は難しかったけれど、言いたいことはなんだかわかった。

そうだ、ミミズクは最初から、殺されるのが一番だったのだ。喰われることが、何よりの望みだったのだ。それならば、今更何も、臆することはないのだった。

「……あたし、行って来るー」

ぼんやりとしながら、それでも食べかけの石榴を落としてミミズクは歩き出す。フクロウの館へ向かって。

クロを置いて歩みを進めたミミズクだったが、ふっと振り返ってクロに問うた。

「んでもクロちゃん、どうして、そうやって教えてくれるの？　クロちゃんの王様は、フクロウでしょう？」

フクロウが、王様が嫌がることをする魔物は、怒られてしまうのではないかとミミズクは思った。

「いかにも。いかにもそうだミミズクよ」

クロはゆっくり羽ばたきをしながら言った。

「ワタシは夜の王の幸福を望もう。しかし一体誰が知ろう」

ひどく芝居がかった言い方で、ミミズクにはよくわからなかったけれど。

「一体誰が知るであろう。彼の御方の幸福が、一体どこにあろうかと」

幸せなんて簡単なことなのに。

小さくミミズクはそう思った。

第三章　煉獄《れんごく》の花

古ぼけた館の扉は、ほんの少し力を入れて押せば、ぎぃと一つ軋んだ音を立て、招かれざる客を迎え入れた。

ひどく大きな屋敷だった。天窓は閉じられ辺りは暗く沈み、古く乾いた木の香りがした。

ミミズクはくるくると辺りを見回して、それから軋む階段を上り始めた。

手すりに触れてみてわかったが、その指先に埃《ほこり》一つつくことはなく、薄暗くこそありはしたが、ただ朽ちて行くだけの古さではないようだった。

階上にたどり着く。長い廊下の突き当たりに、ほんの少し開いた扉があった。そこから漏れる光は明るく、引き寄せられるようにミミズクは扉を開く。

「ふわぁ……」

ミミズクはその光景に息を呑《の》んだ。

大きな窓が開いていた。差し込む光は夜の森に不釣り合いなほど明るく。

その光に照らし出されているのは、壁に立て掛けられた大きな大きな絵画だ。緑と青を基調にした、それはこの夜の森の姿だった。決して写実的ではない。けれど一目でそれとわかる名画だった。何枚も、何枚も。巨大で美しい絵画だった。

（これだ）

神からの啓示のように、ミミズクには唐突にわかった。

これが、フクロウの見ていた先なのだ。

何と美しいのだろう。何と荘厳で、何と限りない静寂なのだろう。フクロウの見ている世界は、どれほどまでに、美しいのだろう。ミミズクとて、名画と呼ばれる絵を見たことがないわけではなかった。近寄って見たことはないけれど、ミミズクの前いた「村」は盗賊の村だったから、強奪して来た物の中には、名画と呼ばれる代物もあった。けれどどんな絵とも違った、どんな絵よりも美しい絵画だった。どんな色料を使っているのか、絵の表面には不思議な光沢があり、まるでその景色自体が生きているようだった。

ミミズクは思わずその手を伸ばす。

一枚の絵に触れようとした、その瞬間だった。

「触るな」

言葉自体が刃のようにミミズクの身体を切り裂くような気がした。肩を震わせ、振り返る。

立っていたのはフクロウだった。

「あ………」

「何をしている」

あらわにされた、それは確かな怒りの感情だった。

ミミズクの背筋が意に反してわなないた。本能の恐怖。生まれる前から知っているもの。

けれどどうってことないとミミズクは思う。何ももう、怖いことなどないと。

それだけを言った。怒っているのならば、それでもよかった。

「絵が、綺麗で」

殺して食べてくれるなら、それがよかった。

フクロウは足音も立てずミミズクに歩み寄る。そしてその手が、ミミズクの頭を掴むように伸ばされた。

(死ぬのなら、あとかたもないのがいい)

ミミズクは目を閉じた。走馬灯など何一つ走りはせず、ただ闇に落ちるように、ミミズクはそっと意識を手放したのだった。

身体の重さを感じてミミズクは不自由そうにまぶたを持ち上げた。重さ故に目覚めたのか、目覚めた故に重さを感じたのか。目を開けると、ミミズクを覗き込んでいたのは大きな体軀をしたクロだった。ミミズクを抱え込むようにしたクロと目が合った。その背後に広がるのはやはり濃い緑の森で、フクロウの館ではなかった。

「目が覚めたかミミズク」

「クロちゃん？」

ミミズクは手を伸ばして、その滑らかな感触の角をなでた。

「ミミズクまだ、生きてる？」

「そのようだな」

「ミミズクはまた、食べてもらえなかったの？」

「……………そのようだな」

ミミズクは唇を嚙んだ。また駄目だった。悔しく思ったり、つらく思ったりした。けれどそれだけではないような気もした。

身体を持ち上げてぺたりと座った。

「クロちゃん。あたしフクロウの絵を見たよ」

「そうか」

「綺麗だった」

「そうか」

そう、綺麗だった。あんな綺麗な物はないと思うくらい、綺麗な絵だった。

「………王の絵は。一番美しい物は、本当は赤い色を使った絵なのだ」

クロは珍しく、躊躇うような仕草を見せながらそう言った。

「赤？　でも、なかったよ。赤色」

ミミズクはあの絵の数々を鮮明に覚えていた。美しい緑と青だった。刻一刻と移り変わる森の姿にはけれど、夕焼けの色がなかったと思いつく。クロは頷いた。

「……うむ。この森では、赤い色が手に入らぬのだ。夜の王の使う色料は特殊で、様々な魔力の込められたものだ。だからこそのあの美しさ。あの力」

歌うようなクロの言葉だった。

「しかし、赤の原料は魔物に手に入れることは難しい」

「難しいの？　どうして？」

ないのではなく、難しいと言った。その理由が知りたくて、ミミズクは問うた。

「煉花《れんか》と呼ばれる花を知っておるか。ミミズクよ」

「レンカ？」

「煉獄の花という、この森の奥深くに群生する花だ。血のような紅の花だ。その根は何よりも素晴らしい、赤の色料となる」

「森にあるのなら、どうして採りに行かないの？」

首を傾げてミミズクは問うた。

「その花の花粉は、魔物にとって強烈な毒になるからだ」

「毒？」

「そう、毒だ。故に魔物は、その煉花の群生地帯には近寄ることも出来ぬ。人の街では強力な魔物払いの道具になるという。しかし皮肉なことだ。魔物を払うために、魔物の溢れるこの森の奥深くまで行かねばならないとは」

その言葉を吟味して、ほんの少し考えて、そうしてミミズクは立ち上がってクロに飛びついた。

「クロちゃん！　あたし行くよ、採りに行く！」

フクロウは煉獄の花を欲しがっているという。けれど採りには行けないと。ミミズクは魔物ではない。だから、煉花を採りにも行くことが出来る。

何か出来る。そう思ったら、心が弾んだ。

「煉花、採りに行くよ！　採って来る!!」

ミミズクの言葉に、クロは少し身を引いた。人間で言えば眉間に皺を寄せるような、そんな仕草だった。

「しかし、ミミズク。煉花の群生地は、人が行くには危険な場所だ」

「うん、いいよ。なんでもいいよ。教えてよ」

ミミズクは今にも走り出してしまいそうだった。小さな拳でとんとんと硬いクロの身体を叩いて、煉花の花の場所を教えてくれとせがんだ。

何かが出来る。あの美しい夜の王のため。

そう思うと、ミミズクの心は弾まずにはいられなかった。

誰かのために何かをしたいと思ったことはなかったけれど。それでも、フクロウのためなら、何をしてもよいような気がしたのだった。


流れて来る汗を、ミミズクは手の甲で拭いた。

「ん………っ」

震える細い腕を伸ばして、頭上の岩を摑む。小さな崖を登れば、そこはもう煉花の群生地だと、ミミズクは聞いていた。崖を登るにはミミズクの腕に筋力がなさすぎるとクロは言ったが、ミミズクは聞かなかった。もうずいぶん前にクロとも別れてしまって、ミミズクはその森深く、煉花の群生する洞窟まで一人でやって来たのだった。

指先に力を込める。爪は剝がれて、血が滲んでいた。

それでも、細く軽い身体が幸いした。崖から突き出すような形で生えた木々と岩をつたって、ミミズクはなんとか洞窟まで登りきる。

荒い息を整える暇ももどかしく、ふらふらとミミズクは奥へ進んだ。

洞窟の突き当たり、広く開けたその場所に、煉獄の花は咲いていた。

頭上の洞窟の隙間から差し込む光。けれど暗闇の中でさえ、それとわかる美しい朱色。

ミミズクはゆっくりと顔を輝かせて、その花の根元に跪《ひざまず》いた。

『よいか、ミミズク』

噛んで含めるように、クロは言った。

『よいかミミズク。煉獄の花は血の花だ。枯れやすく、色あせやすい花だ。まずは根から掘り起こさねば、すぐに枯れ朽ちてしまう』

ミミズクは近くにあった木の枝を持って来て、片手の爪と片手の枝で土を掘り返し始める。持って来る株は一つでいいと、クロは言った。それだけ強い赤の色料なのだと。

乾いた土を掘り返し、根を剥き出しにして、ミミズクは隣にあったもう一輪の煉花の細く硬い葉を一枚、摘み取った。

『これが一番必要なことだ』

その葉の先を持ち、もう一方の手で葉を摑む。

「…………………っ！」

息を詰め、ミミズクは一気にその葉を手から引き抜いた。

手の皮の裂ける音がした気がした。それは軽い摩擦音で、きっと幻聴だったのだろうけれど。

ミミズクの手のひらは葉の縁で無惨に裂け、赤い血がいくつか土に落ちた。ミミズクはわざとそこに爪を入れ、傷口を広げる。疲労のためではない汗が、こめかみを幾筋もつたった。

そして掘り返した煉花をそっと、優しく引き抜くと、その根の土を払って白い根を血にまみれた手で摑む。

『これが一番重要なことだ。煉花の根を枯らさず持ち歩くためには、赤い赤い血が必要だ。ミミズクおぬしが、自分の身体を裂いて、その血を煉花に吸わせねばならない』

出来るかとクロは問うた。

もちろんだよとミミズクは答えた。

「えへへー」

手にした煉花はミミズクの血を吸い、生き生きと赤さを増した気がした。それを見て、ミミズクは嬉しくなって、愛《いと》おしげに煉花を抱いた。根だけでいいとクロは言ったが、苦労して掘り出した花は何より美しく思えた。

『ナイフを持って行くか』

別れる直前、クロはミミズクにそう聞いた。その方が、何かと勝手がいいだろうと。

しかしミミズクは首を振った。

「ミミズクはー、ナイフが嫌いなのですよー」

ぽつりと小さくもう一度呟いて、ミミズクは立ち上がる。足下が少しふらついたが、煉花を手に入れたからきっと大丈夫だと思った。行く道よりも、きっと心が軽いから。

ゆっくりと崖を下りる。片手が塞がっているから、ずいぶん難儀した。

手元の煉花に気を取られていたら、足下の石が突然崩れた。

「ひゃっっ！」

落ちる、そう思った瞬間、鈍く低い音がした。

「ぎゃあっ！」

激しい痛みを手首と肩に感じて、思わずつぶれたような声を上げる。足下が宙に浮く浮遊感。けれど落下しなかったのは、生えた硬い木の枝に両腕の鎖が引っ掛かったからだった。あまりの痛みに意識が遠のく。

けれどミミズクはもう一度歯を食い縛り、これだけは離すものかと左手に掴んだ煉花を固く握った。手のひらから浮き出た血が、腕をつたってミミズクの傷だらけの肌を舐める。

「～～～!!」

これくらいの痛みくらい、どうってことないはずだった。ミミズクは、もう一度感覚だけで足場を探し、体勢を整える。

何とか下りきって自分の手首を見ると、赤く擦れた両の手首には血が滲んでいた。

「…………へへ」

にへら、と軽く笑う。それでもまだ崖から下りられたのだからいいと、ミミズクは思った。そして小走りで来た道を進みながら、唐突に不思議だと思う。

(おかしいな)

草葉を、木の枝を踏み越える。

フクロウに、この花を渡すために。

(まるで、生きていたいみたいだ)

陽の通らない林を抜け、小川に出たミミズクは、けれどそこでふと足を止めた。

(あれ……？)

小川の木陰に隠れるようにして何かを見ている影があった。その影が、どう見てもミミズクには魔物や獣には見えなかった。

(にんげん)

間違いない。この森には、夜の王以外に、人に似た形の生き物はいないはずだった。だとしたら、あの姿は人間以外の何物でもない。

ミミズクは近寄って行く。真っ白の髪をした、小太りの男性だった。背には弓を担いで、怯えた顔で地図に目を走らせている。

「ねぇ、何をしているの？」

ミミズクが声を掛けると、男は跳び上がらんばかりに驚いた。

「う、うあわああ！　迷い込んだんだ！　信じてくれ！　助けてくれえええ……!!」

そのまましゃがみ込む。その姿をきょとんと見つめて、ミミズクはもう一度呼び掛けた。

「ねぇー大丈夫ー？」

単調に言うと、おそるおそるといった風に男は顔を上げた。

「お、おんなの、こ………？」

男はまばたきを繰り返して、ミミズクを見た。ミミズクはへら、と相好を崩す。

「おじさん迷ったのー？　こっちこのまま真っ直ぐでー、小川沿ってったら今の時間はあんまり魔物出ないよう。あーでもちみっと出る？　怖いかなあ。あ、えっとちょっと待っててね」

ミミズクは思いついて、自分の持っていた煉花のおしべをちぎり取った。どうせフクロウの元に行くまでには取らなければならないものだ。花は渡すことが出来ても、花粉がついていてはならない。フクロウに嫌な気持ちはしてもらいたくなかった。

「はい、これー」

男の手に握らせる。少し血がついてしまったけれど、男は受け取ってくれた。何が起こっているかわからない様子ではあったが。

「これねぇ、魔物除《まものよ》けになるからあ、これ握ってる間は大丈夫だから。んーと、確か、乾いて変色しちゃうまでだっけ？　だから早くねー、頑張って帰ってね」

にこにこと笑って言うと、男が呆然《ぼうぜん》と聞き返した。

「君、は？　お嬢ちゃん、君は……」

「んー？　あたしミミズクだよーう」

見当違いに答えると、慌てて男は首を振る。

「そ、そうじゃない。君は、一緒に来なくていいのか？　一緒に来ないのかい？」

男はまるで痛々しいものでも見るかのようにミミズクを上から下まで見下ろした。その視線の意味がミミズクにはわからない。

「ミミズクが？」

とりあえず言葉を反復する。そしてまばたきをして、笑った。

「ミミズクはー、この花フクロウに持って行かないといけんし、行けないよぅ。じゃあねー、さよーなら！」

口に出した自分の目的を思い出して、ミミズクは身体ごと方向を転換した。男にもう、未練も興味もなかった。

ミミズクはそうして勢いよく森の中へ戻って行った。

男はしばらくの間ぽかんとその背を見ていたが、やがて自分の手元の、血にまみれた花の欠片《かけら》を見下ろしてはっと我に返った。何度かその小さな背を追おうとしたが、歩みを進められず、諦めてミミズクの告げた道を小走りに歩き出す。

「騎士様に、聖騎士様にお知らせしなければ……」

小さくそう、呟きながら。


館へ向かって走っていたミミズクは、けれどそこに至る前に、湖の近くで足を止めた。湖に向かってたたずむ影。その漆黒の翼を見た時、ミミズクはなんだか形容出来ない気持ちになって、何度か頭を強く振った。

「フクロウ！」

高く声を上げる。漆黒の翼の影が、ゆっくりと振り返った。

走り寄る。けれど、手が届くところまではたどり着けなかった。そうさせない空気が、フクロウにはあった。

「フクロウー！ これ、あげるよ！」

ミミズクが血で汚れた手を伸ばす。その手にある煉花を、差し出す。

フクロウはその白月の目で、紅の花を見下ろした。

泥にまみれ、血にまみれたミミズクの握る、それは確かな深紅だった。

フクロウはやがてゆっくりと、口を開く。

低い声で、囁くような声量で、けれどはっきりと、フクロウは言った。

「見返りはなんだ」

ミミズクはその三白眼を、皿のように見開いた。驚いたのだ。思いもしない、問い掛けだったから。

(みかえり、ほしいもの)

どうしよう。

また食べて、と言おうか。駄目だ、と言われるだけでも言ってみようか。

(なんのために、はなを)

煉獄の花を。

ミミズクは思う。血を流すことも、痛みも全て厭《いと》わなかった。そして死にたくないと思った。この花を渡すまで、死ねないと。

誰かのために、自分以外の誰かのために、何かをしようと思ったことはなかった。

(ああ)

ミミズクはそうして、やっと口に出来るだけのものに思い当たって、にっこりと笑った。

笑って、言った。

「誉《ほ》めて」

なんでもいいから。

（ねぇ、あたしをほめてよ。よるのおうさま）

誰かのために何かをしようとは思わなかった。それでもフクロウのためなら花を摘もうと思った。命じられて何かをして、誉められたことなどなかった。当然のように済まされるか、殴られ罵られるかのどちらかだった。

誉められるために動いたわけではないけれど、誉められたならば素敵なのにとミミズクは思った。「村」では誰もしてくれなかったこと。されたいと思ったこともなかった。けれど今、ミミズクはフクロウにそれを望むのだ。

フクロウは応えなかった。応えずに、けれどほんの僅かにその目を細めて、そしてミミズクの手から煉花を取った。

ミミズクと目を合わせることはせず、何事か唇を動かす。

するとざわりと空間が揺れ、ミミズクとフクロウの間、その頭上に小さな身体のクロが現れた。

「御前に」

クロはミミズクの頭の上に降り立って、フクロウに一礼した。小柄なミミズクの上に乗っても、フクロウよりは目線が下だった。

「クロちゃんだー」

ミミズクが間の抜けた声を出す。

自分の頭を、ぽんぽんぽん、と叩く気配をミミズクは感じた。

「よくぞ戻った。ミミズクよ」

ミミズクだけに聞こえる声で、クロはそう言った。その言葉にミミズクはなんだかえも言われぬ気分になって、だらしなく笑ってみせた。

フクロウはそんなミミズクに目もくれず、背を向けるとクロに言い放った。

「色料をつくる。火を焚《た》いておけ」

クロが返答をしようとしたその時だった。ミミズクが腕を上げる。

「はああい！　ミミズクやるよ！　火、焚けるよ！」

瞳を輝かせて大きな声でそう言った。そしてフクロウの元に一歩踏み出そうとした膝はけれど、突然力をなくしてかくんと折れた。

「ふゃ！」

息をつく暇もなく、地面の上に倒れ込む。咄嗟《とっさ》に手をつくことも出来なくて、かろうじて肩から倒れて仰向けになった。

「れれれ?」

倒れ込んでも頭がくらくらとして、視界が揺らいで。あっけなく、ミミズクの意識は闇に落ちてしまったのだった。

頭上からそんなミミズクを見下ろしていたクロは、ぱたぱたと翼を揺らしてミミズクの傍らに降り立った。

「馬鹿者が。血が足りなければそうなるのは道理だろうて」

クロはそしてミミズクの左手に自分の手を伸ばしかけ、ふと動きを止めて自らの王を仰ぎ見た。

「火を、如何《いかが》致しましょう」

フクロウは配下を一睨みして嘆息する。

「もういい」

吐き捨てるように言って、一人歩み出す。その背に、なおもクロは言い募った。

「王よ! こ奴が目を覚ませばまた王の元へ参ろうとするでしょう。お望みとあらばこの目障りな人間の息の根、即刻お止め致しましょうぞ!」

割れた声で高々と告げるクロに、フクロウはほんの一瞥《いちべつ》投げ掛けると、

「好きにしろ」

言い捨てて、翼を鳴らす音一つ、闇の中へとかき消えた。

クロはそっとミミズクに向き直り、その血にまみれた左手の上に自分の手を乗せた。

青白い炎が立つ。

「安心するがよい、ミミズクよ」

割れた声で、聞こえてもいないであろうミミズクにそっと、クロは呟いた。

「おぬしはまた一つ、許されたのだから」

陽の光もやがては潰《つい》え、また森は夜に覆われて行く。


時代を感じさせる樫の木の扉を開けると、カランカランと付属の鐘が鳴った。

「いらっしゃーい！」

客人に、というよりその鐘の音に反応した店の女主人は、ゆっくり店に入って来た人影に眉を上げた。

「あらあら、騎士様またいらっしゃったのかい！」

太った女主人が大きな声でわざとらしく言うと、呼応するように酒場にいた全員がドアの方を見た。

「や」

軽く指先を伸ばして左手を上げ、笑みを漏らしたその青年に、酒場の中がわっと沸き立った。

酒場に集まった男達から、口々に揶揄《やゆ》のような声が飛ぶ。

「騎士様お久し振りだあな！」

「おいアンディ！　こないだの俺とのポーカー勝負はどうなった⁉」

「また奥さんほっといて夜遊びか！」

「そのうち愛想つかされちまうぞっ」

「なんだそりゃ、お前の家のことだろ！」

瞬く間に酒場が笑い声で満ちる。その出現のみで場の雰囲気を一変させた青年は、掛けられる声一つ一つに律儀な挨拶をして、ふらりといつものカウンター席に座った。

女主人はカウンターに入って、丸太をくりぬいてつくったジョッキを取り出した。

「いつものかい？」

青年はへらっと笑って、

「うん、お願いするよ」

と注文をする。常連の客が近づいて来て、横から声を掛けた。

「なんだい聖騎士様、またハーブティかい！　ここはガキや生娘が遊びに来るところじゃないんだぜ！」

「うぅん、わかってはいるんだけどね」

聖騎士と呼ばれたアン・デュークは困ったように笑って、常連客の相手をする。

「うちの奥方ときたら、食事の仕込み時に亭主がいれば邪魔だと言って、そのくせ外では金を使わせちゃくれなくて」

「はははは っ！ うるさいかかあの言うこたどこも違いねえ！」

酒の入った男達はまたどっと笑った。

「それにね、酒も嫌いじゃないけど全然酔わないからおもしろくないいんだよ。それなら値段も手頃で非常に美味しいハーブティの方がいいってわけさ」

「あああアタシはいいんだよ」

どん、となみなみとジョッキについだハーブティを女主人はアン・デュークの前に置いた。

「聖騎士様の御用達《ごようたし》ってだけで、うちはいつだって商売繁盛さ！ そら、ガーダルシアから届いたばかりの特注の茶葉だよ！」

この酒場は家柄のよくない一般庶民が来る場所だった。アン・デュークは国でただ一人の〈聖騎士〉という称号を得ておきながら、貴族然としたところが全くなく、「騎士様」と呼ぶ人々の口調も、尊称というよりは愛称だった。「マクバーレン家の末子」であった彼が数年前、この国に古くから伝わる聖剣を鞘《さや》から抜き、聖剣に選ばれた聖騎士となっても、昔馴染《むかしなじ》みの若者達は「アン・デューク」という名前を縮めて「アンディ」と呼んでいる。

　アン・デュークはこの酒場でいつも二杯のハーブティを頼み、世間話に興じる。

　酒の入った男達は、口さがもなく王への不満や、あるいは賛辞を声高に叫ぶ。あるいは城下で起こる不穏な出来事や、困り事。宿屋も兼ねたこの酒場には旅人も多く、小さな外交の窓口にもなっている。

　そんな場所でアン・デュークは雑談を交わしながら人々の本音と触れ合っていた。王家に不満を持つ者を断罪するためでは決してない。城下の人間達の言葉は重要だった。いつでも国は民から生まれるものだから。

「そういえばねぇ。聞いたかい騎士様」

　たとえばこうして女主人が切り出す話は、いつもアン・デュークに耳寄りな情報を与えてくれた。

「何の話だい？」

「ここから南に行ったところにあるあの薄暗い夜の森！　あそこに巣くってる魔王の話だよ」

　女主人から突然出た言葉に、アン・デュークは軽く眉を上げることで続きを促した。

「いやねえ、なんでも間の抜けた狩人《かりゅうど》が近くの森からあの夜の森に迷い込んだらしいんだよ」

「迷い込んだ、って……生きて帰れたのかい？」

眉を寄せてアン・デュークが問う。数えきれないほどの魔物がうろつくあの森に狩人一人迷い込んで、生きて出て来ることが出来るとは思えない。

「それがあんた！　帰って来れたは来れたんだけどさァ、その狩人、森の奥で小さな女の子に助けられたって言うんだよ！」

「女の子……？」

「そうさあ！　なんでも、がりがりに痩せた小さな女の子って話だよ。多分、魔王に捕まってるんだろうねえ、両手両足に鎖をつけられて、そりゃあ悲惨な有り様だったらしいよォ」

ふっと、アン・デュークの顔つきが真剣なものに変わる。

「その子は？」

「いやあ、狩人助けて、また森の中に消えてっちまったつう話さ！」

「それ、どれくらい信憑性《しんぴょうせい》のある話なの？」

アン・デュークが尋ねると、隣から別の男が茶々を入れた。

「いやあホントの話じゃねえのかなあ。その狩人、家に帰って事の次第伝えに神殿走ったっつー話じゃねえか」

その言葉にアン・デュークはまたふっと眉を寄せた。考え込むように長い指先を唇に当てる。

「物騒な世の中だねえ。何よりその子が可哀想《かわいそう》だよ。両手両足に鎖なんてさァ、昔は悪いことする子供はみんな、魔王に喰われちまうっつったもんだけどねぇ、ある意味喰われるより酷な話じゃないか。なんとかならないのかねぇ」

同情しやすい質《たち》の女主人は最早《もはや》目に涙を浮かべている。その様子を見ながら、「おかしいな……」とアン・デュークはひとりごちた。

神殿に駆け込んだというのなら信憑性はかなり高い。しかしアン・デュークの傍には神殿のこれ以上ない関係者がいるのだ。その人間を通じアン・デュークに情報が入る前に、人々の間に噂《うわさ》が浸透しすぎている。

煽《あお》っている人間がいるような気がした。煽っているとまではいかなくても、噂が広まることを悪くないと思っている人間が。そしてここまでの影響力。

「……まさか、あの白ダヌキ……」

「うん？　狸《たぬき》がどうしたんだい、騎士様」

女主人に問われてアン・デュークはにっこりと笑った。

「いいやなんでもない。こっちの話だよ」

そしてカウンターに綺麗な銅貨を置いて立ち上がる。

「なんだい、まだ一杯しか飲んでないじゃないか」

「うん、ちょっと急用を思い出してね」

そして酒場の男達に向き直り、よく通る声で呼び掛けた。

「誰か、森に迷い込んだ狩人の名前を知らないかな！」

男達は一時静まって顔を見合わせる。一瞬後、奥のテーブルから声が上がった。

「町の外れのシーラっつう男じゃなかったっけか！」

打てば鳴るように返った答えにアン・デュークは軽く礼の仕草をして、身を翻す。

「ごちそうさま」

女主人にそう言うと、主人は僅かに不安そうな顔で言った。

「聖騎士様、出来ることなら、その子を、助けてやっておくれねぇ」

その言葉に、アン・デュークは明言を返さず、ただ優しく笑って頷いた。

そしてカランとまた音を鳴らして、聖騎士は来た時と同じようにふらりと酒場を後にしたのだった。


月が綺麗だった。ああと思って湖の前に行った。フクロウがどこにいるのか、おぼろげにだが、ミミズクにもわかるようになっていた。

フクロウはまた木の上から湖を眺めていた。きっとそこに映る月を眺めているのだろう、そうミミズクは思った。

しばらくぼんやりフクロウを見ていたミミズクだったが、やがて思いついたように目を輝かせ、すぐ傍の木を登り始める。でこぼこで大きく、枝振りのいいその木は、登ろうとすればたいした難もなく登ることが出来た。

左の手のひらはクロのおかげでほとんど完治していた。まだ皮がつっぱる感じがあるけれど、大事はない。手のひらに残った傷痕も、ミミズクには誇らしく思えた。

木を登ってフクロウの傍の枝に移る。

ジャラジャラと鎖が鳴った。その高い音は夜の静寂をゆっくりと裂くように、森に響いた。

「――――そんなものをつけて、邪魔ではないのか」

突然掛かった声に、思わずミミズクは足を踏み外しかけて「うわっ！」と悲鳴を上げた。

慌てて体勢を立て直し、枝に座り込む。隣から、間近にフクロウを望んだ。フクロウはミミズクの方など見向きもせず、ずっと湖面を眺めている。

けれど今のは、フクロウの声に聞こえた。間違いない。フクロウがミミズクに話し掛けたのだ。

「え、あ、あのねあのねぇ!!」

ミミズクは慌てて答える言葉を探した。

そんなもの。多分、鎖のこと。うるさいから。

「えとねえ。ミミズクこれキライじゃないのよう」

ミミズクが鎖を持ち上げる。シャラシャラと音がする。

「キャラキャラキャラてー、鳴るの。綺麗な音もするよ。ってかあたしの持ってるもんてこれっきゃないからー、えへへ。キライじゃないよーう」

もうずいぶん長い間、ミミズクと共にあった鎖だった。小さい頃に溶接された鎖は鍵穴がなく、その頃からほんの少し骨が太くなったぐらいで、手首と足首の太さが変わっていないのが幸いしていた。そうでなければ、とっくの昔にミミズクの手足は朽ちて落ちてしまっていただろう。

答えたミミズクに、けれどフクロウは一瞥もくれなかった。

「えへへー」

それでもなんだか幸せで、ミミズクは笑う。近くで見ると、フクロウの横顔は本当に人間のようだなあと思う。魔物というのは、みんなクロちゃんのような外見だと思っていたのに。

「フクロウはー」

ミミズクは本当に静かな夜そのもののような気持ちで、フクロウに言った。

「どうして人間嫌いなのー？」

沈黙が降りた。ミミズクは自分の鎖をなでながら、フクロウの答えを待つともなくその沈黙に身を寄せていた。

「醜いからだ」

返答は突然で、そしていつものように不機嫌そうで、鼓膜を震わせる低音だった。

ミミズクは顔を上げる。口を半分開けたまま沈黙して、それから喋り出す。

「ミニクイってー？　でも人間も綺麗なのいるよー？　あたしも、フクロウみたい綺麗な人って見たことないけどー、きっと大きな街とか行ったらあ、綺麗な人間もいるよう」

見たことなどなかったけれど。話したこともないけれど。いるのではないかとミミズクも思っていた。いたらいいなと、思っていた。美しい人。優しい人。素晴らしい世界が、どこかに。

「外見ではない。魂だ」

「タマシイ？　それ何？」

「身体の中にあるものだ」

「身体の中にあるものはー、血とー、ぐちゃぐちゃしたものとー、それから食べたものだけよ？」

言ったら軽蔑したみたいに睨まれた。

仕方がないからしばらく考えた。フクロウが喋ってくれるのはとてもとても珍しいことだから、幸せなことだから、「しあわせ」はなんとしても長引かせたい。

「んー、心とか？　そういうの？」

「似ている」

「わあい！　心醜いの？　あたしも嫌いなの多いよー。えへへ。そういう人達って、あたし見ると汚れるって言うのね？　たくさんたくさん殴ってー、家畜が人間様の言葉喋んなー！　とか叫ぶの。おっカシーの！　あたし家畜だけど、人間の言葉喋れるのわかんないのよー？」

キヒヒ、とミミズクは笑った。フクロウはそんなミミズクを本当に汚いものを見るようにして見た。けれどミミズクはその視線を嫌いだとは思わなかった。「村」の人間達は、自分だって汚いのに、「お前はもっと汚い」という目でミミズクのことを見るから嫌いだった。けれどフクロウは人間より綺麗なので、ミミズクを汚く見て当たり前なのだ。

（ミミズクはきたない。でもいま、きれいなフクロウのとなりにいる）

「イヒヒヒ。ねーえフクロー ウ」

にこにこにこ。ミミズクは笑って言った。

「あたし今、もうすーごい幸せぇー」

フクロウは不可解さを表すように、僅かに目を細めた。そしてそっと口を開く。

「……獣を称する娘」

「はあーい！」

ミミズクは腕を大きく上げて返事をした。

フクロウはそんな反応を相手にせず、続ける。

「この額の数字はなんだ」

それはクロもかつてミミズクに聞いたことだった。にこにこ笑って、ミミズクは答える。

「こーれーはー、焼きゴテですなのよー」

前にクロに聞かれた時はよくわかってもらえなかったから、今度はもっと違うことを言おうと思った。

「ほらー、牛とかー、羊とかにつけんのー。ジュってやつー。あれと一緒ー。むちゃくちゃ熱かったんだよー。鉄真っ赤でねえー。ジュウウってなってギャアってミミズクさん倒れちゃったーよ」

くすくすと笑いながら言うと、フクロウは黙って、その手をミミズクの下に伸ばして来た。

黒とも見まがう、青い、爪。

ミミズクはどきどきした。前もこうして腕を伸ばされたけれど、その時とはまた違っているような気がした。

その指が、額に触れる。

(フクロウ、食べてくれんの?)

ミミズクは目を閉じた。

食べられるのなら、痛くないのがいいなぁ。焼きゴテ痛かったもんなあ熱かったもんなあ。

フクロウの指は冷たかった。けれどそのくせ、動いてなぞられると額にじわりと熱が残った。

やがて何度か行き来して、フクロウの指が、その長い爪が離れた。

フクロウはミミズクを食べてはくれなかった。

目を開ける。月夜のお月様がきらきら。ミミズクはなんだかおかしな気分になった。頭がじんじんと鳴るような。喉が渇いて行くような。どこか火傷《やけど》したみたいに、ヒリヒリしてるようだった。

「えへへ」と、とにかく笑った。笑うことで何かが楽になればいいと思った。フクロウは目を細めて、言った。

「無様な数字より、少しはマシか」

「へ？」

その言葉にミミズクは思い立って、木からもたもたと下りて、湖に走った。慌てていて足がもつれた。けれど、落ちないようにそうっと、湖を覗き込んだ。

「ぅわあ!!」

一声叫んで湖に落ちた。ばしゃんと大きな音を立てて、湖に波紋が立つ。浅い湖の底に座り込んで腰まで浸《つ》かり、波立つ水面に映った自分の顔を見た。

「にへへへ」とミミズクは笑った。

額の数字は、不思議な不思議な紋様になっていた。

（きれい）

どこかフクロウの入れ墨にも似たそれは、月の光を浴びて美しく、生まれて初めてミミズクは、自分自身が綺麗だと、思った。

第四章　救出

美しいものを集めようと思った。綺麗な花や、葉や、滑らかな肌触りの石。美しくしなをつくった枝や、宝石のような樹液の塊など。

明るいうちにそんなものを集めて、ミミズクは陽が落ちるとフクロウの下へ向かった。館の扉をゆっくりと開ける。二度目にこの扉を開けた時、ミミズクは綺麗な黄色の花を持っていて、フクロウはミミズクを追い出そうとはしなかった。だから、まるで通行証にでもするように、ミミズクはそれから美しいと思うものを持ち寄って、フクロウの下まで行くのだ。

森には綺麗なものが溢れていた。

灯《あか》りの漏れる奥のドアをきぃと開けると、フクロウの後ろ姿が見えて、ミミズクは目を輝かせた。足音を立てすぎないように気をつけて（それでも鎖はジャラジャラと鳴るのだけれど）、ミミズクはフクロウの隣に座り込む。

手に持った紫の小さい花を抱いたままで、ミミズクはフクロウを見上げた。

フクロウは大きなキャンバスの前にたたずみ、そこに色を載せていた。傍らの小さなキャンバスには様々な色の欠片があった。青や緑、そして煉花の花から抽出された、深みのある赤。フクロウはそこから色を掬い取っていた。筆も鉛筆も何一つ持たずに。その爪の先が淡く光り、色を載せて行く。薄い膜が掛かって行くように、一枚の美しい絵画が生まれて行く。

その幻想的な光景に、ミミズクはため息をついた。

そしてふと気づく。自分があまりにこの場所に不似合いだと。

(フクロウはきれい。えはきれい。おへやもきれい)

ミミズクの持って来た「美しいもの」で飾られた部屋は、統一された美こそなかったが、それでも自由奔放で心躍るような美しさがあった。

(でも)

どうしてあたしはこんなところにいるのだろうと唐突にミミズクは首を傾げた。

「ミミズク、食べてもらえないの、なんでだっけか」

疑問はそのまま口をついて出た。フクロウはそんなミミズクに目もくれず、けれどずいぶんな沈黙の後、ミミズクが自分の漏らした呟きを忘れてしまいそうになるそんな時になって、唐突に口を開いた。

「獣を称す娘」

「あい」

ミミズクは従順に返事をした。フクロウを見上げたけれど、フクロウはミミズクを見てくれることはなかった。

ただ、問うた。

「何故私に喰われたい。何故魔物に喰われることを望む」

問われてミミズクはきょとん、とまばたきをした。

理由だなんて、明確に考えたこともなかった。けれどミミズクは答えることが出来た。

無意識の中で、彼女は答えを知っていた。

「死にたくなかったから」

フクロウは黙った。まるで虚を突かれたようでもあった。黙ってしまったフクロウに、仕方がなかったからミミズクは一生懸命、言葉をつなげた。

「っとねー。ミミズクはナイフを使うの嫌いなーのよー」

「…………わかる言葉で話せ」

フクロウは不機嫌な声を出した。

ミミズクは笑った。

「それがー、なんでかっていうとー、あたし色んなお仕事して来たし、汚いのもつらいのも痛いのも別に、もう今更なーんともないんだけどー、一番嫌いなお仕事、あのね、人をさばくの」

「さばく？」

「うん」

　にへら、と笑ってミミズクは頷いた。こっちを向いたフクロウの目が相変わらず綺麗だったから、自然に笑みがこぼれるのだ。笑って、続けた。

「死んでる人ー、大抵村の人が殺した人なんだけどー、そゆ人の、お腹《なか》ビリビリーで胸元こうザクザクーってね、そんで、ぐちゃって手ぇ突っ込んでー、ぐるぐるー心臓とか、取り出すの。高く売れんだってー。それ、あたしだけのお仕事ね。『アナタはいいわねぇ』って村の女の人に言われたことあっけど、じゃあ代わってって言ったら殴られちったよ。ナイフ掴むと思い出すのー。えっと、ナイフ持ってなくても思い出すんだけどね。川とか入っても血と内臓の匂いなかなか消えてくんなくて、一番やんなるのは、生きてる人もそんなに見えるんだよー。どんどんどんお腹ふくらんで行っていつか破裂すんの。そういうの何回も思った。殴られるとよく思ったよーう。死にたくなーい。死んだ人埋めんのもあたしの仕事だったけど、穴掘るの時間掛かったから腐ってたくさん虫がわいてー、すごい臭いの。そのうち慣れちゃってだいじょーぶになるけど。そんな、なりたくなかったからー。食べてもらったら、きっと綺麗だよねー？　ってさー」

「それでー」と話を続けようとしたミミズクの口を、唐突にフクロウが塞いだ。

「ふぎゃっ」

驚いて間の抜けた声を上げる。フクロウはミミズクの口元をその手で乱暴に塞いで、嫌悪の表情に近い、言葉では表現しきれない表情で言った。

「もういい。話すな」

その言葉に、やっぱりミミズクは笑った。

発作的に笑いがきて、もうどうしようもないくらい笑みがこぼれた。そんなミミズクから手を離して、フクロウはキャンバスにまた向かった。

それからしばらく沈黙の時が流れて。

「何故」

フクロウの問いは突然だった。うん？ とミミズクは小首を傾げて、フクロウを下から覗き込む。

そんなミミズクの目を真っ直ぐに見つめて、フクロウは問う。

「何故。そこまでの扱いを受けながら、逃げることもしなかった」

ミミズクはまばたきを何度もした。ぱさぱさとまつげが揺れる。

「えーとぉ」

口を開きかけて、それからけれどあるべき答えを忘れたかのように、ミミズクは固まった。何を言おうとしたんだろう。殴られ、罵られ、虐げられ。それでも、あの「村」を決して出なかった理由。

「わかんない」

ミミズクはぽつりとそう答えた。

「なんでだろう。わかんない。たくさん嫌だーって思ったよ。痛いのやだし、苦しいの嫌だったよ。誰かが手を差し伸べてくれる夢、何度も見たなあ。んでも、なんでだろ」

思えば本当に不思議でたまらない、というようにミミズクは首を傾げた。

「なんでだろうねぇ。逃げようと、したこと、なかったなぁ」

だって、そんな毎日だった。そんな毎日が普通だった。普通だと思ったら、苦しいのも、つらいのも、それはそれ、他にやりようがないような気がしたのだ。

あれほどの扱いを受けていたのに、あんな毎日が終わるということが、信じられずにいたのだ。

「ならば、何故、お前は今ここにいる」

フクロウが続けて問うた。最早ミミズクからは目を逸らし、絵画に指先を走らせながら。

「あーえっとーそれはねー」

今度は答えられる、とミミズクは思った。ミミズクが、「村」を捨て、この地に来た理由。

「もういいやって、思ったんだよー」

ミミズクはそう言って、にへら、と笑った。

ぺたりと冷たい床に座り込んで、安らかに眠るようにまぶたを落とし、それから歌うように言葉を紡いだ。

「ミミズク馬小屋で眠っていましたー。干し草の中でぬくぬく。そしたらお馬さんとても忙しく騒ぎ出して、ミミズク起きたの。ミミズクの村ー、悪い人達のね、村だったんだけど。悪い人達嫌いな、でも善くない人達がいたのね。そんでー、その人達が、たくさん、いっぺんにわー！　って」

それは盗賊間の些細《ささい》な縄張り争いや、確執が発端だった。

荒くれどもの溝はみるみるうちに海より深くなり、やがて一族郎党全てを狩り倒さんとした盗賊達が、ミミズクの「村」を襲ったのだ。

何が起こったのかわからなかった。

悲鳴と怒号が耳を突き、あちこちで炎が燃えたつ音がした。

そして濃い血の匂いがした。

やがて馬小屋にまでも刀を持った男達が押し寄せた。干し草の中で丸くなって、耳を塞いでいたミミズクを、引きずり上げた大きな手があった。

「ミミズク捕まったんだー。鳶色《とびいろ》の髪の男の人ー。ほっぺたに傷がねー、あってー」

何故かそんなことばかり覚えている。

あの時思考は全て止まっていて、痛いも苦しいも、何もかも感じられなかったのに。

光景だけが、焼き付いたように離れない。

「『奴隷の娘か』てー。ミミズクに言ったよう」

そして、男は身の毛のよだつような笑みを浮かべた。

嫌悪感を、もよおすような。

「『おもしろい』ってー。言われたよー。それ言われたら、なんだろう、わかんないんだけど、うん、もうわかんなくなっちゃったんだぁ」

こてんとミミズクは首を落とした。

『おもしろい』

鳶色の髪を持つ男はそう笑って、ミミズクを引きずり出そうとした。

ミミズクの思考は完全に止まっていた。本当に止まっていて、何も、考えてはいなかったのだ。

ただ、ミミズクは干し草の中からナイフを取り出した。

いつも死体を切り刻んでいた、大振りのナイフだった。

何かを叫んだ気がする。何か喉を震わせた気がする。けれどもう覚えてはいない。自分の声など、覚えてはいない。あるいは最早、それは言葉ではなかったのかも知れない。

「ミミズクは、そん人、刺したよー」

いつも死体にそうするように、腹部に力いっぱい刺し込んだ。全身の体重を掛けて。布を引き裂いたような悲鳴が上がった。男の声だった。死体と違い噴き出した血は勢いよくミミズクの顔に掛かり、目に入った。

視界がぼやけた。

「生きてる人、刺したの初めてだったー。男ん人、倒れてしまったーよ。きっと死んじゃったねー」

へら、っと笑ってミミズクは言った。

「きっと死んじゃったねぇ。ミミズク殺しちゃったんだあ」

話しているうちに、ぽたぽたとミミズクの額に汗が流れた。暑くもないのに、おかしいと思った。むしろどこか寒ささえ感じて、指先が震えるのに。

似たようなことをずっとやっていた。命じられて、死体を何度も切り刻んだ。けれど、自分のしたことは決定的に違うものだと、ミミズクの足りない頭でもわかったのだ。

「そしたら、あたし、『もういいや』って思ったー。もういいや、疲れたあって」

ぼんやりとそんなことを思った。疲れたと思った。そう、ミミズクはもうとうの昔に疲れてしまって。

何もかもを、諦めてしまったのだ。

そうして昔々に聞いた話を思い出した。ずっと東には夜の森と言われる場所があって、そこには魔物が多くいると。

魔物に喰われた人間は、跡形も残らないのだと。

「そんでー、ミミズク歩いてここまで来たよー」

頭の芯が揺さぶられるようだった。くらくらした。

ミミズクはゆっくり立ち上がって、フクロウに近づいてその顔を覗き込んだ。

月の瞳を見たら、幾分心が休まる気がした。

フクロウはミミズクを押しのけることもせず、ただ不機嫌そうに眉根を寄せて、そして小さく口を開いた。

「まだ、私に喰われたいか。獣を称する娘よ」

何を当たり前のことを聞くんだろう、とミミズクは思った。何度も何度も言っているのに。食べられたいって、フクロウに、跡形もなく食べられてしまいたいって、ずっとずっと望んでいるのに。

(もちろんだよーう)

そう言おうとして、口を開いた。

口にする言葉は決まりきっていて、何の迷いもないのに。

けれど、ミミズクのその小さな乾いた唇は、何の言葉を紡げもしなかった。

ぱくぱくと池の魚のように何度か動かす。どうしてその一言が言えないのか、ミミズクにはわからない。

「あ、れ」

ミミズクは不思議そうに自分の唇を指でなぞる。「食べて」と言いたかった。何故だろう、今そう口にしたら、なんだかフクロウは、ミミズクを食べてくれそうな気がしたのだ。

本当に、望めば手に入りそうだったのに。

(のぞみ?)

望み。希望。そういった、ミミズクの欲しいもの。

「あのね、フクロウー……」

考えているうちにもうわからなくなった。言えない言葉はどうしたって言えないんだから仕方がない。ミミズクはそっと続けた。

「あのねぇ。ミミズク、今日は、ここで眠ってもいいー?」

この綺麗な部屋で。フクロウの絵に囲まれて、眠れたらどんなにかいいだろうとミミズクは思った。

だから言った。

フクロウはといえばそんなミミズクの問いは耳にも入っていないようで、ミミズクからまた目を逸らし、ただキャンバスだけに向かっていた。

けれど決して否の反応ではなかったような気がして、ミミズクはとてもとても嬉しい、幸せな気持ちになった。「好きにしろ」と、言われているような気がした。

そうしてミミズクはフクロウの足下に身体を丸めて、静かに静かに寝息を立て始める。

そんなミミズクをほんの僅かにフクロウは一瞥して、そうしてまた、絵を描くためにキャンバスへ指を走らせて行ったのだった。


乱暴に執務室の扉を開け、部屋にあったソファに身体を沈め始めた人影に、王は思わず書類にサインする手を止めて眉根を寄せた。

「騎士の礼儀はどこへ行った」

「あの星の彼方《かなた》かな」

どうでもよさげにアン・デュークは言って、ソファにつぶれたまま声を上げる。

「ったく。やり方が姑息《こそく》だよ」

「何のことだ」

王の問い返しには動揺の欠片もなく、アン・デュークはバネのように起き上がるとソファに浅く腰を下ろして王と向き合った。

「魔王討伐の準備は順調に進んでいるようじゃないか」

「…………」

王は沈黙でそれに答えた。アン・デュークはどこか真剣な面持ちで言葉をつないだ。

「城下の人々の思いは魔王討伐へと傾いている。今までさしたる実害もなかった魔王が、子供達の脅威になりつつある。そして囚《とら》われの身にある少女には多大な同情票だ。何より、王家直属の魔術師団の準備は整いつつあるという話だね」

全ては聖騎士の与り知《あずかし》らぬところだった。それ自体を責めるつもりは、アン・デュークにはない。聖騎士は騎士団の象徴ではあっても頂点ではない。彼に政をする手腕はなく、その技術と能力は、全て戦うためにあるものだった。彼はその生き方を選び、そして腰の重い出不精となることを選んだ。

国王は落ち着き払った声でアン・デュークに言った。

「そうだ。あとは、討伐の先陣を切る聖騎士の号令だけだ」

そして王は顔を上げる。

「お前はどうする」

その目を真っ正面から見て、アン・デュークは少しの間沈黙した。

「…………表向きは囚われた少女を救うためという、けれど魔王討伐の本当の目的は」

低い声でアン・デュークは問う。

僅かに視線をずらし、王は答えた。

「この国と、民のためだ」

アン・デュークにも本当はわかっていた。現国王はそれこそ優秀な王だった。他国に侵略されかけていたこの国を、一代で立て直した。魔力の強い土地柄を生かし、魔術師団を編成し、武力と成した。農耕と商業をさかんにさせ、国力を持たせた。

この国に古くから伝わる伝説の聖剣は百年ぶりに主《あるじ》を選び、〈聖騎士〉は王国レッドアークの独立の象徴となった。

けれどまだ足りない物がある。魔王を陥落させることで、そのいくつかが手に入るのだ。

王の思惑を、アン・デュークはわかってはいた。聖騎士に選ばれもう十年の月日が経《た》とうとしていた。父を早くに亡くしたアン・デュークにとって国王は父のようなものであり、相棒のような、友人のような存在であった。けれど彼のためを思い、剣を振るうことはない。相手が人間であれ、人外の生き物であれ、無益な殺生はアン・デュークの好むところではなかった。己の剣はお飾りではなく、それを握る時は何ものかの命が消える時だとわかっていたから。

「ま、こうなってしまったらね。……僕も行くよ」

それでも、軽く肩をすくめてほんの少し困ったような、情けないような笑みをアン・デュークは浮かべた。苦笑して言う。

「奥方に怒られちゃったしね。『苦しんでる少女一人救えないんなら、聖騎士なんてお辞めになったら?』だってさ」

多分これも国王の作戦勝ちというやつだろうと、わかってはいた。この出不精の聖騎士がけれど、自分の妻には頭が上がらないということ。それを、国王はよく心得ているのだ。

「そう、そうだオリエッタも隊に加わるがいい」

自分の名案に顔を輝かせて王は言った。

「聖剣の乙女は何よりも魔術師団の士気を上げるであろう! 神殿で養われた魔力を……」

「あのねえ国王」

にっこり笑ってアン・デュークの言葉が王を遮った。

「あのね国王。言っておくけれどもね」

アン・デュークはなんでもないことのようにそう言った。

なんでもないことのように。ただ、いつもよりいくぶん低い声で。

国王はわけもなく息を呑んだ。そう、理由もなく。

「聖騎士をどう使おうと君の勝手だ。お飾りぐらいならいくらでもなるし、無益な殺生でなければいくさ場にも出よう」

そこでふっとアン・デュークの青い瞳から笑みが消えた。

「けど、これから先オリエッタをいくさ場にでも駆り出すようなことがあれば、俺は聖剣を捨て彼女を連れてこの国を出る」

はっきりとした声だった。躊躇いのない言葉だった。

国王は憎々しげに顔をしかめた。

自分の国のために立ちはだかる者の首を刎《は》ねる、その覚悟が出来ていない王ではなかった。冷徹な面も持ち合わせているが故に、国を支えることが出来るのだ。けれど、逆らうアン・デュークに無理強いは出来ない。何故なら、彼は「象徴」だからだ。この国の。

「……王を脅すか」

その言葉にアン・デュークはにっこりと笑った。

「正直者なだけさ」

夜明けには小鳥の羽音で目が覚めた。大きな窓から差し込む光。光の強さで朝陽《あさひ》と予想をつけて、もう一度寝直そうかとミミズクはまぶたをゆっくり下ろして行った。冷たい床が気持ちよくて、すぐにでも眠りへ誘われそうだった。

「ミミズクよ」

と、自分を呼ぶ声がして、ミミズクは飛び上がるように起きた。

上半身を持ち上げると、その部屋に主の姿はなく、窓の格子にはクロが止まっていた。

「クロちゃん！」

ミミズクは瞳を輝かせてクロを見る。クロは静かにそこにいた。朝陽の逆光が綺麗だなと、ミミズクは思った。

「何という有り様。ミミズク、頬に床の板目がついておるぞ」

そう言うクロの言葉もどこか優しくて、「えへへ」とミミズクは頬を擦りながら笑った。

「クロちゃんどーしたのー？　クロちゃんからお屋敷来るの、めずらしぃよねー？」

「ふむ」

クロは小さく頷いた。

「ミミズクよ。おぬしに、話があって来たのだ」

「あたしに話ー？　なあにー？」

ずるずると身体を引きずるように、窓辺に寄る。見上げるその目をクロは真っ直ぐ見つめて、ほんの少し、躊躇うような沈黙の後に口を開いた。

「ワタシはこれから数日、長くて一ヶ月ほど、森を留守にする」

「るすにするー？」

ミミズクは首を傾げる。クロは頷く。

「夜の王の命により、しばし森を離れ、人の世界をめぐることとなるであろう。その間、たといおぬしがワタシの名を呼んでも、この耳には届くまい。であるからミミズク、おぬしもその間、自分のことは自分でするのだ。出来るな？」

「はあーい！」

ミミズクは片腕を高く上げて元気のいい返事をした。けれどすぐ、上目遣いに首を傾げる。

「んでも、夜の王のメイって何ー？」

「それは……………」

クロは開きかけた口をまた閉じた。

「………言えぬ」

「そっかあ」とミミズクは笑った。不満はなかった。ただこうして、クロが森を出る前にミミズクの下まで来てくれたことが嬉しかった。

そうして笑うミミズクをクロは見つめ、やがて口を開く。

「時に、ミミズクよ。ワタシが森を出る前に、一つお前に昔話をしてやろう」

「むかしばなしー？」

「そうだ。昔々の話だ」

ミミズクはクロの突然の言葉がどういう真意から来るものか、くみ取ることが出来なかったが、その申し出を断る理由は何一つなかった。

「してもらうー」

板目にきちんと座り直して、クロの言葉を待った。

クロはいくらかの逡巡《しゅんじゅん》のあと、ぽりぽりと右の片腕で頬を掻《か》くような仕草をしてみせ、そしておもむろに口を開いた。

「全ては既に過ぎ去った話だ。時の流れの無情さに於《お》いて、その距離よりも確かな隔たりを感じる物語だ」

高らかに、朗々と。喩《たと》えるならば英雄譚《えいゆうたん》を語る吟遊詩人のように。その割れた声で。

「遠い昔に滅びた小さな王国と、そこで生き、倒れた王子の話だ」

「王子様？」

ミミズクが首を傾げる。まるで別世界の話のようだった。

クロの語る言葉は止まらない。

「そう最早どこまでも遠く、遠く。この森からいくつもの山を越え、人間の肌の色さえ変わるほど北へ向かった先に、小さな小さな王国があった。作物は実らず、狩猟も出来ず。けれど決して貧しい国ではなかった。何故ならば、その国にある山には、美しい鉱物が眠っていたからだ。人々はその鉱物を採取し、加工し、商いし、巨万の富を築いた。王の生活も、それはそれは豊かであった。傭兵《ようへい》を雇い、武力も蓄えることが出来た。冬になれば深い雪に覆われる土地だったが、それ故短き春の美しさは格別であった」

「ゆき……」

それがどんなものか、ミミズクは手に取ったことはなかった。ありったけの知識を総動員して、美しい白い粉を思い浮かべた。

「人々は豊かだった。王家は豊かだった。……愚かな人々が、山の富を全て、採りつくすまでは」

そこでクロは声の調子を落とした。

「形あるものはいつかは潰える。それは確かなことで当たり前の道理だ。けれど人は時に、いとも簡単にそれを忘れる。鉱物は絶えた。残り少ない資源を巡って国の中で争いが起きるようになった。乱れた民のために王家が何をしたかと言えば、残った鉱物を、横から力ずくで奪い取ったぐらいだ。一度栄華の限りを尽くした、その暮らしから抜け出すことは、王にはもう、出来なかったのだ」

クロの言葉はミミズクには難しくて、ミミズクは悩んだ。けれどなんとか、ついて行こうと努めて、ぐっと黙ってクロの話を聞いていた。

「さて、王家には一人の王子がいた。丁度、鉱物がふつりと消え始めた頃に生まれた王子であった。それ故その一身に、人々の冷たい視線を浴びた王子であった。鉱物が潰えたことは自然の、当然の成り行きでありながら、人々はその原因を、自分以外の誰かに押しつけたかったのだ。王子は生まれながらに迫害の憂き目にあうことになった。王子としての待遇は与えられた。着るものも、食べるものも与えられた。けれど自分を産んだ王妃も、王も、彼を愛しはしなかった」

ミミズクはゆっくりと考えていた。

愛するって、どんなだろう。

「王子は生まれながらに孤独であった。しかし生きることをやめようとはしなかった。人々は誰も彼に優しくはしなかったが、国の景色は、彼には美しすぎるほどだった。そしてその王子は、自分の目に映る美しい景色を、形にとどめようとした。そのために、小さな王子は筆を取った。――――絵を、描き始めたのだ」

「あ…………」

そこでミミズクは突然何かに気づいた。クロが一体何を話しているのか、否「誰」の話をしているのか、突如としてミミズクは悟ったのだ。

クロは何も答えず、言葉を重ねた。

「そしていつしか国には革命が起きる。王の悪政に耐えかねた飢えた人々が、王城に火を放った。離れに住まわされていた王子も、民衆の前に引きずり出された。道楽の権化であるとして、王子の絵画は街の広場で火に掛けられた。本当はそうではなかった。彼には、もう、絵を描くことしか残っていなかったのに」

呆然とミミズクはクロを見ていた。まるでそうすることで、その光景を目にしているかのように。

「王子はそして処刑の日まで、高い塔に幽閉されることとなった。鉄格子の填った小さな窓しかないその部屋で、壁に鎖でつながれ、刻一刻と首を切られる日が近づきながら、それでも王子は、絵を描き続けた」

「絵の具は？　筆は？」

ミミズクは不思議に思ってそう問うた。

「絵の具はなかった。筆もありはしなかった。王子は、自分の指先を噛みちぎり、そこから滲む血で、壁に絵を描き留めたのだ。何かに憑《つ》かれたように。既に彼の者は狂っていたのかも知れぬ。人の醜さばかりを、見続けた王子は」

ああ、とミミズクは思った。感嘆のような、脱力のような。……深い深い、理解のような。

「赤よりも赤いその絵。壮絶なまでのその美しさ。その魔力。人間という微小な存在が、魂を削って描く、その力」

かつてクロは言った。「赤い色を使った絵が、一番美しい」と。どこで見たのか、ミミズクはそんな矛盾に気づかなかったけれど。今になって、ようやく、全てに気づいた。

「その絵は、魔物さえも呼び寄せたのだ。ワタシはそこを訪れた。そしてもう傷つきすぎた王子を見た。人でありながらの、その心。その魔力。ワタシは問うた。それでもまだ、生きたいかと問うた。人をやめることを、厭わないかと王子に問うた。王子はどちらにも、是と答えた」

そうだろう、とミミズクは思った。それは、だって、そうだろう。

「丁度、この森では夜の王の代替わりが始まっていた。夜の王にも寿命がある。それが潰えた時、魔力は全て土に還り、また新しい王を創《つく》り出《だ》す。けれどもう一つ、代替わりの方法があった。先代の王が、次代の王を選べば、どんな者も、王になれる。月の瞳を得ることが出来るのだ。ワタシは王子に森へ行けと言った。森へ行き、王に会えと。人ではなく、王であるが故に王である王に会いに行くのだと。そうして、王は彼の者を選んだ」

そこでクロはもう一度、言い直した。

「そうして、世界は王を選んだのだ」

世界、とクロはよく口にする。王の選択、許し。その全てが、「世界」の選択であり、許しなのであると。魔物の世界は、確かにそうして、回っているのだ。

「ワタシの昔話はこれで仕舞いだ」

クロがゆっくりと、そう締めた。どうしてだろう、とミミズクはそう思う。どうして、クロはそんなことを、ミミズクに話してくれるのだろう……？

「では、ワタシはこれにて森を後にしよう」

ふっとクロは浮かび上がった。

「また会えたならばよいな、ミミズクよ」

「運命が許せば？」

ミミズクが問うと、「ギャギャギャギャギャ！」とクロは笑った。

「その通り。運命が許せば、また会おう、ミミズクよ！」

そうしてふっと煙のようにクロは消えてしまった。ミミズクは立ち上がって窓から身を乗り出して、心だけ、そんなクロを見送る。

そしてふと、ミミズクは自分の頬が濡れていることに気づいた。

「……あれ？」

ぱちぱちとまばたきをするたびに落ちる透明な水滴。

「なんだろ、これ。何か、びょーきかな？」

慌ててごしごしとその水滴をぬぐった。初めてではないけれど、覚えもない。汗みたいなものかなとミミズクは思った。そしてその瞳からこぼれる水滴をぬぐって、陽の昇る森に向かおうと館を飛び出して行く。

美しいものを見つけて、またフクロウに会うために。

魔力で創り出した灯りは不自然に赤く、熟れた果実のような橙の光を放っていた。夜の森の入り口に、息をひそめて魔術師達が集まっている。誰もが目深にフードをかぶり、古ぼけた樫の杖《つえ》を持っていた。

「月がないね」

ふっと漏らすように、鎧《よろい》に身を包んだアン・デュークが唇を持ち上げた。

「残念だ。夜の森に上がる月は、それは美しいと聞いているのに」

「仕方ありませぬ。聖騎士殿」

すぐ後ろからしわがれた声が上がった。周りの魔術師達と同じようにフードをかぶり、杖を持つ手は皺にまみれ、その指にはいくつも呪術用の指輪が塡っている。

「新月を待ったのです。夜の王の魔力は、新月の夜に著しく落ちる故。陥落させんとすれば、この機を逃しては決して成りますまい」

「我が国自慢の魔術師団の総力を結してもかい？　団長リーベル殿」

　いつものように軽い口調で笑みまで浮かべて、アン・デュークはそんな問い掛けを投げた。

「……おそらく」

　答える声に間があったのは、返答に悩んだわけではなく、その答えを口にすることを、ささやかな誇りと自尊心が邪魔をしただけだった。

「おそらくは。聖騎士殿の聖剣を以《もっ》てしても、敵《かな》うことはないかと」

　リーベルと呼ばれた男の言葉に、「ふぅん」とアン・デュークは気のない返事を返した。不気味な静けさを保つ夜の森を仰ぎ見る。重い沈黙の後に、まるで下手なフォローでも入れるかのようにリーベルは声を上げた。

「し、しかし！　夜の王を捕らえその魔力を手に入れた暁には、我が国の魔術師団も……」

「聞きたくないな」

　アン・デュークが遮るように柔らかな声を上げた。

「君達が魔王を煮ようが食おうが、そんなことは勝手だけれど。僕は今日、囚われの女の子を助けに来ただけだ。そして君達は、魔王を捕らえに来たのだろう？　今はそういうことでいいじゃないか」

決して強くはない口調だった。しかし、その響きにリーベルは二の句が継げられず口を噤《つぐ》む。沈黙に身を浸す余裕もなく、リーベルの背後に数名の影。いくつか囁く声がして、

「……結界の用意が整ったようです」

おごそかに、リーベルは告げた。

「そうか」

アン・デュークは軽く頷き。いっとき眠りに落ちるかのようにそっと、まぶたを下ろした。

僅かに闇が濃くなった、その瞬間だった。

突然背後の林が揺れる。

「聖騎士殿……！」

闇の中から姿を現した巨大な影に、魔術師達が声を上げ、一斉に杖を構える。けれどそれより早くにアン・デュークは剣を抜き、振り向きざまに襲い掛かる魔物を一太刀で叩《たた》き切《き》った。

大きな一つ目の魔物は断末魔の悲鳴を上げ、崩れ落ちる。

魔術師達は息を呑んだ。いつもの優しげな物腰からは想像もつかない、それは鋭く、そして容赦のない太刀筋だった。

闇の中で、刃こぼれ一つない聖剣が淡い光を反射する。

魔術師達に背を向けたまま、聖騎士はそして口を開いた。

「魔術の発動者は何人だ」

その低い声は、闇の中でも確かな形をとり、空気を震わせる。

「わ、私と、若い二名が参ります……」

夜の王を捕らえる魔法を直接発動させる魔術師は、三名。あとの団員は、魔力の増幅と補助にあたる。

手のひらに吸いついて来るような、剣の柄の感触。目を閉じれば声まで聞こえて来そうだと、アン・デュークは思う。眠る剣に呼ばれ続けた、長き少年時代のように。

鞘から剣を抜いた瞬間に、感覚は研ぎ澄まされ、世界は冷たく色を変える。この魔王討伐を、彼は心のどこかで幸いだと感じていた。

命を奪うことしか知らぬこの剣で、誰かを救えることが出来るなら。そんな思いが掠めたのはけれど、一瞬のことだった。

アン・デュークは口を開く。

「立ちふさがる獣は全て切る。決して剣の間合いに入るな。怪我《けが》をする、とは言わない」

そして僅かに振り返る。その目は、闇の中でも輝くほどの、深い青。

「命の保証はしない」

頷くことが出来たのは、リーベルのみだった。

戦いの始まりは告げられた。聖騎士は剣を抜いた。

もう、後戻りは出来なかった。


木の根元で眠っていたミミズクは、何者かの絶叫を耳にしたような気がして、慌てて飛び起きた。

「あれ？　あれれ？」

何かがおかしかった。そのくせ何がおかしいのかわからなくて、何度もきょろきょろと首を回した。

闇が騒いでいた。森の木々まで、葉の一葉まで悲鳴を上げているようだった。軋んでいるようだった。

「何？　何？」

空を見上げる。どこにも月は見えない。ざわりと、背中に冷たいものが走った気がした。

（行かなきゃ）

ミミズクは鎖を鳴らして地を蹴った。

フクロウの館へ走る。館にいるはずだった。ミミズクは今日は何も美しいものは持ってはいなかった。追い返されてもいいと思った。ただ、行かなければならないとミミズクは思った。

「！」

館に近づくにつれて、ミミズクの目にも異変が明らかになった。

「あ……あああああ！！！！！！！！！！！！」

声にならない声を上げる。

館が燃えていた。赤すぎる炎が館を包み込むように取り囲んでいる。

何故、とミミズクは思った。どうして、と。

走り寄って、細く開いていた扉から無理矢理中に入る。火の勢いは刻一刻と館の内部まで入り込んでいる。地獄の業火に焼かれるような熱を感じながら、ミミズクは階段を駆け上る。

フクロウの部屋まで走り込む。

夜の王は、そこに立っていた。部屋の中心に。

「フクロウ……！　フクロウ！　フクロウ!!」

ミミズクは叫ぶ。フクロウはゆっくりと振り返った。その目はいつものように冷たい金で、炎の赤を反射して、揺らめいているようだった。

　そこにはどんな感情も浮かんではいなかった。

「フクロウ！　やだあ‼　やめてよやだあああああ！！！！」

　ミミズクは絶叫した。壁から巻き起こる炎を、遠ざけようとでもするように何度も叩こうとした。その熱で、ミミズク自身が焼かれることなど忘れてしまったように。

「やめてよ！　やめてよお‼　燃えちゃう！　フクロウの絵が、燃えちゃうよおおおおおっ‼」

　煙が肺に入って激しく咳《せ》き込《こ》んだ。ミミズクはそれでも、とにかく絵を守ろうと、絵を壁から離そうとする。

　赤い夕焼けの絵が、もうすぐ完成だった絵が、無惨にも炎に散って行く。

「いやああああああああ‼」

　獣のような咆吼《ほうこう》をミミズクは上げた。炎の中に身を投じんとするその腕を、フクロウが掴んだ。

「もういい」

　フクロウの温度の低い声が、ミミズクの耳まで届いて、ミミズクは振り返った。

「よくないっ！　よくないよおッ‼」

　だって、あんなに美しかったのに。

だって、あなたの描いた絵なのに。

ミミズクがそう叫ぶ、その声をかき消すように館自体が不吉な音を立てる。爆発が起きるような、低い低い音がして、足場が崩れた。

「ぎゃあぁ！」

階下が崩れる。屋根が飛ばされたせいで、ミミズク達が圧死することはなかった。その爆発が、誰の手によるものなのか、混乱のせいでミミズクにはわからない。

「あ……あ……」

手足の鎖が焼けるように熱かった。

音を立てて、世界が崩れて行くように感じた。そんな中で。そう、そんな中で。

声が、聞こえた。

「こっちだ！」

世界が燃える、赤い赤い視界の中、聞こえる声は強く、強く。

「こっちだ‼　手を伸ばせ！」

瓦礫《がれき》と化した館の残骸の向こう側に、立っている人がいた。金の髪に、青い瞳の男の人が、ミミズクに手を伸ばした。片方の手に剣を持ち。もう片方の腕を、ミミズクに。

「えぇええ⁉」

ミミズクはおかしな声を上げた。

「あたし!?」

緊迫した場面には似合わない、頓狂な声だった。

「そう、君だ！　助けに来た!!」

答える声は、限りなく力強く。

「助け!?」

ミミズクは。こんな風に。手を伸ばされたことなんてなかった。

「助けに来た」なんて。

そういえば昔、もっと本当に、小さい頃。願ったこともあった、気がする。

いつか。いつか。こんな風に。素敵な人が。「助けに来た」と。

ミミズクを、連れ去って。連れ去って。幸せに。

(しあわせ、に……？)

「あ、あたし……」

言葉が震えた。突然広がった運命に、ミミズクの身体がすくんだ。

「手を取れ！　怯えることはない!!」

「だって………」

「大丈夫だ!!」

こんなにも。強く。強く。嘘でもミミズクに、「大丈夫だ」なんて。

言ってくれた人はいなかった。

憑かれたようにミミズクは数歩そちらに歩みを進める。けれど、振り返る。フクロウを見る。フクロウの身体は、細い細い見えない糸に捕まえられているようだった。

フクロウは、その月のような瞳で、ミミズクを静かに捉えて、言った。

「行け。獣を称する娘。お前にはもう、ここにいる理由がない」

そしてフクロウは、不自由な動作で腕を伸ばし、ミミズクの額を、その長い指で一度だけなぞった。

その一瞬の動作の後、ミミズクの身体が、ひとりでに、動いた。ひとりでに、けれど、紛れもないミミズクの意志で。動いて、そして、その、手を取った。

魔物の王の腕ではなく、聖騎士の力強き腕を。

伸ばされた手。温かな人肌。抱き寄せられる。抱え上げられる。

愛されるように、救い出される。

それだというのに、何故かミミズクは泣きたかった。

何故か、ミミズクは、無性にもう、泣きたかったのだった。

がんがんと頭が鳴った。触れられた額が熱かった。叫び出したかった。

涙という存在を、何一つ、知らないミミズクだったけれど。

――――ねえ、あんなにも。あたしあなたに、たべられたかったのに。

第五章　やさしい忘却

乾杯の音頭は高らかに広間に響き渡った。

大臣達や兵士に至るまで、宴会の場で祝杯を傾けていた。

部屋中を見わたせる玉座には、灰髪の王。

人々は魔術師団の功績を称《たた》え、聖騎士の勇姿を称えた。気の早い吟遊詩人が、早くも広間の隅で詩をつくり始めている。

アン・デュークは広間の隅に背中をつけて、その光景をどこか遠くから眺めていた。

「聖騎士様！　あっちで飲み比べだと！　聖騎士様なら優勝間違いなしだろう！」

顔馴染《かおなじ》みの兵士が声を掛けて来る。

「いやあ、飲みすぎたらまた奥方に怒られるから」

情けない笑みと一緒にアン・デュークはそう答えた。

「オリエッタ様は今日は？」

「うん、神殿の関係者も多いからね。気が張って嫌だってさ」

「はは、そりゃ残念だ！」

兵士は軽くそう言って、人だかりの中に消えて行く。

魔王討伐は成り、囚われの少女は救い出された。

そのニュースは瞬く間に城下まで伝わった。今頃城下でも多くの民が杯を傾けていることだろう。

アン・デュークも酒の席は嫌いではない。

けれど魔王討伐が昨日の今日だ。早く館に戻って静かに休みたかった。館では彼の妻が彼の帰宅を待っているはずだし、帰還の挨拶もそこそこにしてこの宴会に向かったことを妻はよく思っていないだろう。

休養と称して欠席しようかとも思ったが、国王の手前、面子《メンツ》もあるし、気になることがあった。乾杯の音頭の後も残っているのはその報告を待っているためだ。

やがて城の召使いが小走りでアン・デュークの下に走り寄って来た。小さく耳打ちをする。それを聞いて、アン・デュークは頷き、召使いに礼を言った。

そして広間を静かに抜け出す。

同じ報告を王が聞けば、聖騎士の途中退場をとがめることもないだろう。

アン・デュークの待っていたのは、魔王に囚われていた少女の意識が戻ったという報《しら》せに他ならなかった。

長い廊下を抜け、金の取っ手がついたドアにノックをして、ゆっくりと開ける。

明るいシャンデリアのついた部屋に、大きなベッドが一つ。そこに、小さな小さな少女が横たわっていた。

アン・デュークはその少女の下まで歩み寄る。少女は水鳥の羽が入ったベッドの中で、埋もれるように眠っていた。頰は哀れに痩せこけていて、最初に抱きとめた時その軽さに驚いたほどだ。魔法で創り出された炎は少女を焼くことはなかったが、そうでなくてもすすけてひどい有り様だった。

乾いた干し草を彷彿とさせる細い髪の毛にそっと指を入れて、なでる。髪がさらさらと流れて額が現れた。その額にある不思議な紋様が一体何を表すものなのか、魔術師達の誰もわかりはしなかった。けれどそこから発せられている魔力は確かに魔王のもので、何らかの魔法が働いているであろうことは疑いようがない。

「目が覚めたかい？」

少女はうっすらと目を開けていた。焦げ茶の瞳が覗いている。アン・デュークが声を掛けると、少女はまぶたを持ち上げて何度も緩慢なまばたきを繰り返した。

「大丈夫？　気分は？」

「…………」

そして覗き込んで来るアン・デュークの瞳をまじまじと見つめた。

「う……あ……」

声にならないうめき声を上げる。

「うん？ なんだい？」

それを聞きつけて、アン・デュークは優しく問い掛ける。けれど少女はそれ以上言葉を発することが出来ず、なんとか身体を起こそうとした。力が入らなくて難儀していると、アン・デュークが手を貸す。

「大丈夫？ どこか痛いところはない？」

「な、い」

少女は微かな、虫の羽音のような声でそう答えた。アン・デュークが手を差し伸べた先にある手首は、茶色く変色していた。溶接されていた鎖は魔法で切断し、外すことが出来たが、長年拘束されていたその痕は消えることなく少女に残るだろう。それを思うと胸が詰まった。けれど少女がこうして五体満足でいられることにこそ、感謝をすべきだとアン・デュークは思い直す。

「そう。よかった」

安堵《あんど》のため息。少女はそして未《ま》だ動かない頭を動かして、「ここ、どこ」と単語を並べた。

「ここ？ ここは、レッドアークの王城だ。心配はいらないよ。何も怖いことはない」

「こわいことは、ない」

鸚鵡のように、反復した。

「うん、そうだよ。僕はアン・デューク。アン・デューク・マクバーレン。君の名前は？」

「わたしの、なまえ」

少女はそっとまぶたを下ろした。

震えるようにまつげが揺れて。

そしてまぶたを持ち上げながらそっと、囁くように答えた。

「なまえ、わすれてしまったわ」

その言葉に、驚いて瞠目《どうもく》する。そんなアン・デュークを少女は無垢《むく》な瞳でじっと見つめた。

アン・デュークは僅かに唇を噛み、目を伏せて数度首を振る。

そして少女の頭をそっと抱き寄せた。優しい仕草で。そうして、低い声で、静かに言った。

「……可哀想に」

少女はアン・デュークの腕の中で、小さく首を傾げたようだった。

どうしてそんな言葉を言われるのか心底わからない、とでもいうように。

夜の王が討伐され、囚われの少女が救い出されたという噂は、瞬く間に城下にも伝わった。

人々は口々に魔術師団と聖騎士を称え、そして保護された少女には哀れみといたわりの念を捧《ささ》げた。

リュートの調べと共に詩人は詠《うた》うだろう。額に魔王の紋様を刻まれし少女、その数奇な、そして苛烈な運命を。美しく、もの哀《がな》しい音律に乗せて。あるいは、聖騎士の英雄譚を、声高らかに詠い上げるだろう。

しかし決して詠われない結末があった。

討伐されし夜の魔王、その行方を知る者は、誰一人として、いない。

「あなたの名前はミミズクよ」

その日、ミミズクの暮らす王城の一室に現れた黒髪の美女は、優しい声でそう言った。

長い髪をゆるく二つの三つ編みにし、髪と揃いの色をした瞳は強く優しい光をたたえていた。

「あなたの名前はミミズク。かつて夜の森に迷い込んだ狩人に、あなた自分でそう告げたの」

「ミミズ、ク？」

大きなベッドの上にぼんやり座り込んでいたミミズクは、首を傾げてその名前を反復した。柔らかい生地の、薄いドレスを着込んで、痩せた頰にもほんの少し赤みがさしていた。

「そう。覚えていて？」

「わから、ない。でも、そう言われたら、そんな気がする。……うん、わたし、ミミズク」

そっとまぶたを伏せて、小さな声でミミズクはそう言った。大事なものを胸にしまい直すように、手のひらで胸元を押さえて。

「わたくしはオリエッタ。オリエッタ・マクバーレン。あのやる気のない聖騎士の妻ですの。アン・デュークはおわかりになって？」

「うん、わかる。アンディ、って」

アン・デュークはミミズクが目を覚ましてここ数日、毎日王城を訪ねてくれていた。ミミズクは眠っていることが多かったが、ミミズクの身の回りのことを任されている侍女達といくつか言葉を交わし、ミミズクの頭をなでて部屋を後にすることが多かった。

「そう、あの出不精の妻ですのよ。よろしくお願いいたしますわ。ミミズク嬢」

微笑《ほほえ》みと共に差し出された手を、ミミズクはそっと握った。オリエッタは白魚のような手をしていて、対するミミズクの手は枯れ葉のような肌触りだった。

オリエッタはその感触に少し眉を寄せ、哀しげな顔をした。

「よろしく、ええと……」

「オリエッタ、と」

「よろしくね、オリエッタ。オリエッタは、アンディの、……つま？」

「そう、遺憾ながらその通り」

言葉に反して、オリエッタの表情は幸福そうだった。

「ミミズクは……ミミズクと、呼んでもよろしくて？」

「うん！」

オリエッタの問いにミミズクは瞳を輝かせて答えた。他人から呼ばれるその名前が、自分のものだというのにひどく愛おしく感じられたのだった。

「ミミズク、ここの暮らしはどう？」

「どう？」と尋ねられて、ミミズクは首を傾げた。けれど思ったままを伝えた。

「ええと、ええとね。毎日、美味しい食べ物がたくさん。綺麗なお着物もらって、みんなすごく優しい」

「何か足りないものはない？」

「それ、アンディもいつも聞く。全然、ないよ」

ふるふると慌てたように首を振って、ミミズクは答えた。本当に、十分すぎる暮らしだった。よくしてもらうたび、「どうしてだろう」とぼんやり思った。

どうして、こんなに、よくしてもらえるんだろう。

そう、とオリエッタは微笑んで、それから小さな声で問うた。

「………何か、思い出したことはある？」

目覚める前、森にいた日々を。

その問いは、ミミズクには答えようもなかった。ゆっくりと、さっきとは全く違う意味で首を横に振る。

オリエッタは絨毯に立て膝をついて、座るミミズクと目を合わせた。

「あのね、ミミズク。あなたは今まで、夜の森にいたの。そこで魔物に捕まって、それはそれは怖い目にあったんだと思うわ。だから、あなたは自分を守るためにその記憶を自分で封じてしまったの。無理をして思い出すことは全くないわ。それは、忘れていてもいいことなのよ。ミミズクには、これからの一生があるんだから」

夜の森。

魔物。

とても怖い目。
そんな言葉が、ミミズクの脳裏をぐるぐると回った。
（本当に？）
忘れていてもいい。
（本当、に？）
「ミミズクの、一生は、これから？」
「そう、これからよ」
断言する。そうだわそれはその通りと、ミミズクも思うのに。
（本当に？）
何故だろう。
心の中で、誰かがそっと、問い掛ける。
シャラシャラと耳元で遠く鳴り響く音がしている。

古い石畳と、黴《かび》の匂いがした。天井は吹き抜けに高くしかし窓はなく。明々と燃える火は魔力の塊で、赤から青へ変じて行く。足音を鳴らして、王は先へと進む。従える魔術師達は一言も言葉を発しない。靴音と低い唸りのような音だけが、ひどく耳についた。

一番奥の突き当たり、その壁に黒い影が磔《はりつけ》にされていた。王が足を止める、その靴音が一際大きく響いた。

「魔物の王よ」

しわがれた、しかし凛《りん》とした声で人の王はそう言った。

白く透明な細い細い糸に縛られて、フクロウの身体が吊《つ》り下《さ》げられるように壁に磔にされていた。そのまぶたは固く閉じ、大きな翼は微動だにしない。「意識はあるのか」と傍に仕える魔術師に問う。リーベルは相変わらず陰気なローブの下から、「御声は聞こえておりましょう」とだけ答えた。

「魔王よ」

今一度、と王は大きく声を上げた。その声に反応してか、はたまた違う理由からか、フクロウはゆっくりとその重いまぶたを持ち上げる。

薄く漏れる光は銀。魔力を吸い取られ濁ってはいたが、そこにある威光は確かに魔物を統べる者のそれだった。

王は一つ息を呑み、気圧《けお》されぬよう向かい合う。

「魔王よ。人の手により捕らえられた、気分はどうだ」

挑発的な物言いだった。けれど魔王は聞こえているのかいないのか、その問いに答えることはなかった。

「…………人の王か」

声はかすれ、地の底に響くように低かった。

「いかにも。我こそは、この一国レッドアークの王だ」

一瞬、フクロウの瞳に感情が揺らめいたような気がした。軽蔑や、嫌悪や、憎しみに近いような。

ずいぶん人間的ではないかと、王は思う。

魔物は敵対するものであり、それ自体が悪であり、そうなれば、憎しみや嫌悪など、そのような人に近い感情があるはずはないと思っていた。

「……人を憎むか。人に似た魔物の王よ。それにしては、人の娘を捕らえて隷属させていたようだな。殺さず生かさず、復讐《ふくしゅう》のつもりだったのか」

その問いにはフクロウは眉一つ動かさず、沈黙という明らかなる拒絶で以て応えた。

国王は奥歯を噛みしめる。捕らえられていても、これほどの威厳を自分は果たして持てるだろうか。そんな思いが頭を掠めた。

比べたところで仕方がない。相手は、魔物なのだから。

「……まあいい。少女は城で手厚い保護を受けている。彼の少女は記憶をなくしていたが、それもまた新しい幸福な生活のためには好都合だろう。魔王よ。お前の思惑は全て外れたのだ」

フクロウは答えない。ただ、興味を失ったかのようにゆっくりとまぶたを落としただけだった。国王が目配《めくば》せをすると、控えていた魔術師達が大きな水晶玉をうやうやしく差し出す。

その水晶は明らかに魔力の掛かったもので、中心には赤い炎が揺らめいていた。美しい造形は、その魔力と相まって見る者の目と心を奪う。

「この炎は吸い取ったお前の魔力を表している。赤い炎が青に変わる時、お前の魔力は尽き、身体は干涸《ひから》び、ミイラとなってこの国の魔力の象徴となるだろう」

淡々と王が語った、それはフクロウへの死の宣告であったが、フクロウは何の反応も見せず、沈黙を保った。

掛けるべき言葉もなくし、王はやがてきびすを返して来た道を戻る。遠ざかる靴音とその背中に、けれど突然言葉が掛かった。

「人の王よ」

国王は足を止める。出来る限りの威厳を保ちながら、ゆっくりと振り返る。そしてフクロウの銀の瞳ともう一度向き合った。

フクロウは唇をほんの微かに動かして、国王へと言葉を発する。

「人の王よ。もしも己か国かどちらかを選べと言われたら、お前はどちらを選ぶ」

それは魔物の王から人の王への、初めての問いだった。国王はふっと眉根を寄せ、しかしそれからはっきりとした声で答えた。

「その問いは無意味だ、魔王よ。天秤《てんびん》に掛けることは出来ない」

王の答えに迷いはなかった。

「私はいついかなる時も国を選ぼう。私が、私である限り、私は国を選ぶ。私が国を選ぶのだ」

その意志がある限り、天秤は成り立ちはしない。

その答えにフクロウはそっと目を閉じて、眠るように沈黙をしたきりだった。


薄いすじ雲が浮かぶだけの青空は高く広く、活気溢れる城下町の市場を覆い込んでいた。

「わぁ……っ！」

市場の入り口に立ちつくして、ミミズクはその三白眼気味の目をまんまるにして声を上げた。

「いっぱいの人！」

「これだけの人間を見るのは初めてかい？」

隣に立ったアン・デュークが軽く微笑んで問う。

「きっと初めてだわ！」

ミミズクはそんな答え方をした。

「じゃあ、はぐれないように手をつなぎましょう？」

反対側からオリエッタがそう言って、ミミズクの小さな手を取る。ミミズクは何度もまばたきをして、それから幸福そうに微笑んだ。

ミミズクが城下に下りる、今日がその初めての日だった。

決して派手ではないが仕立てのよい服と、服に合わせて大きな帽子をかぶり、アン・デュークとオリエッタ、両人の付き添いで。

「ねえね、オリエッタ！　みんなたくさんの荷物ね！」

「そうね、ここは買い物をするところなの」

わかるかしら、とオリエッタは言う。ミミズクはいまいち理解し難く、小さく首を傾げた。

「お金と交換に、欲しいものを買うのよ。ミミズク、手を出して」

オリエッタはそう言って、空いているミミズクの手に、銅貨を三枚握らせた。

綺麗な鳩《はと》の紋様が彫られたその銅貨は、それだけで何か大切な宝物のようだった。

「これを使うの」

「お金、払って？　欲しいものって？」

「ミミズクが欲しいもの、よ」

「わたしが、欲しいもの……」

ミミズクはそう言われて考え込んでしまう。その姿に、アン・デュークは笑って、

「とにかく回ってみようじゃないか」とミミズクの背を押した。市場の屋台には新鮮な野菜や果物が並び、綺麗な布や、見たこともない美しい技巧の置物が置かれていた。

見るもの何もかもが目新しくて、ミミズクは何度も何度も首を回す。

「あらあ、オリエッタ様こんにちはあ！」

突然脇の屋台から声が上がった。麦の粉を売りに出していた婦人が、オリエッタを目に留めたのだ。

「今日は聖騎士様もご一緒かい！　仲睦《なかむつ》まじくってうらやましいねぇ」

婦人はそう言って大きく笑う。オリエッタは綺麗なよそ行きの笑顔で、

「仲睦まじいかは置いておいて、今日は亭主も付き添いなの。どんな重い買い物をしても、帰り道に難儀することはないわね」

「アハハッ、違いないねえ。おや、オリエッタ様、その子は？」

婦人がミミズクを見下ろす。目が合って、どうしようかなとミミズクはオリエッタを見上げた。

「オリエッタ様、こんなに大きなお子さんがいらしたかい？」

オリエッタはそれには答えず、「可愛いでしょう？」と微笑みを返すだけだった。

いつの間にかミミズクの手から離れたオリエッタの指先が、ミミズクの背中に軽く触れた。行ってもいいよと言われているような気がして、ミミズクは胸を高鳴らせて露店の並ぶ人混みに混じる。周囲の人間と軽い挨拶を交わしながら、つかず離れず見失わないようにアン・デュークがミミズクの小さな背を追っていた。

何度か人にぶつかりながら、一軒の屋台の前に立つ。行き着いた理由は単純で、その店からひどく甘く、かぐわしい香りがしていたからだった。

「やあお嬢ちゃん、食って行くかい？」

愛想のいい店主がミミズクにそう言った。ミミズクは少し慌てた。

「お、美味しい？」

「食べてみりゃあわかるよ、ほら、食ってみな」

くすんだ色の紙に包まれた、それは砂糖に漬けて焼いた果物だった。一口食べると、温かな甘みと果汁の酸味がじわりと口中に広がる。

ミミズクは目を輝かせた。

「美味しい!!」

「そうだろそうだろ！」

ミミズクの反応に、男はこれ以上ない上機嫌だ。

息つく暇もなく、ミミズクがかぶりつく。美味しい美味しいと連呼するミミズクに、いつの間にか周囲に大人が寄って来ていた。

「お城のごはんより美味しいよ！」

正直にミミズクが言ったら、周りがどっと沸いた。

「おやっさんこりゃあ最高の誉め言葉じゃねえか！」

「嬢ちゃんそりゃあちょっと誉めすぎじゃねえかね」

「だって本当だよ！　すごく美味しいんだもん！」

見知らぬ人間の言葉にもミミズクは律儀に答える。

「そりゃあ一回食ってみなくちゃいけねえなぁ！」

無邪気なミミズクの様子に周りがとんとんと金を積んだ。その指先を見ていた、ミミズクははっとして慌てる。

「あ、あ、そうだ、お金、お金渡さなくちゃいけないのよね？」

両手が塞がっていて狼狽《うろた》えていると、屋台の男が笑って言った。

「嬢ちゃんいらねえよ。あんたの美味しいって言葉で十分だ」

その太っ腹さに、周りがいよいよ店を誉めちぎる。それこそ、客の購買意欲をそそるには十分な演出だった。

「だ、だめだよ、だってオリエッタがお金と交換って……！」

ミミズクの口から出て来た名前に、周囲が驚く。

「なんだい？　オリエッタ様の知り合いかね。神殿の巫女様《みこさま》候補の方かねえ……」

そうして一人の老婆がミミズクに近づいた。

「ほら、こんなに口の周りにつけて。貸してごらん、拭いてあげようね」

皺にまみれた手を伸ばし、優しい手で、ミミズクの口の周りをぬぐってくれた。急いで食べたミミズクは鼻の頭までべたべたにしてしまっていて、みんなに優しく笑われた。

「ほら、綺麗になった。あら、あんた、なんだいこの額の……」

老婆がミミズクの前髪をどかす。現れたのは、不思議な紋様。

「あんた、まさか……………！」

老婆が息を呑み、周囲も一瞬沈黙した。きょとん、とした顔で、ミミズクはその真ん中に突っ立っている。

「お嬢ちゃん、あんた、お姫さんかい……？」

老婆が指先を震わせて、そう尋ねた。

「ん？　ミミズク、お城に住んでるけど、お姫様違うよ」

正直にミミズクが答える。

周りがざわりと揺らいだ。

「違うよぅ、あんた、この間の魔王討伐で助けられた、夜の森のお姫様だろう……!?」

「え……？　うんー。多分、そう、かな？」

その言葉に周囲が余計ざわめいた。

よくわかっていないけれど、お姫様でもないけれど、言われた通りのような気がした。

オリエッタが前、ミミズクに説明してくれたことが反復されて。

「ああ……！」

突然老婆が一声上げて、そうしてミミズクをきつく抱いた。

「わ、わ……！」

突然のことに、ミミズクが慌てる。

「よく、よく生きて戻って来たねえ。怖かったろうねえ、よかったねえ……！」

「あ、あの……！」

老婆はミミズクを抱いて、はたはたと涙を落とした。肩筋をつたうその雫《しずく》にミミズクは慌てた。

「お姫さんだ！　夜の森から助け出されたお姫さんがいらっしゃったぞぉ……!!」

歓声が上がる。え、え、と言っているうちに、ミミズクはもみくちゃにされた。色んな人になでられて、色んな人に抱きしめられた。どぎまぎしているうちに、たくさんの人と握手を交わした。

（な、なんだろう？）

どきどきと胸を高鳴らせながら、ミミズクは思った。

あったかいな。

なんだろう。

やがて人混みの中からアン・デュークがミミズクを連れ出してくれても、ミミズクはやっぱり思った。

つないだ手が、温かかった。

「あの、あのね、アン・デューク」

「ん？　なんだい？」

「おばあちゃんがね、ぎゅっとしてくれたの。そんでね」

「うん。泣いていたね。おばあさん」

「泣いて………」

「君のために、涙を流してくれたんだよ」

優しい笑顔で、アン・デュークはそう言った。

涙ってなんだろう。

けれど温かいな。優しかったな。そう思ったら、なんだか鼻の奥がつんとなってしまった。

概してミミズクは聞き分けのよい城の居候だった。退屈な日々と暇を持てあますこともなかった。ベッドで眠ることも好きだったし、窓から景色を見ることも、たまに来る使用人と話すことも大好きだった。誰もがミミズクに優しくしてくれて、オリエッタやアン・デュークは家族のようだった。

一度だけ国王が現れたこともあった。

「こうして会うのは初めてだな、ミミズクよ」

数人の付き人を従えて、ミミズクの部屋にやって来た灰髪の王。ミミズクの隣にはアン・デュークがいて、「この国で一番偉いお人さ」そう囁いてくれた。

「あ、あ、はじめまして！」

「ふむ……だいぶ、元気になったようだな」

「あの、あの、わたし、いつも、たくさんお世話になってます！」

「いや、それは構わない。いくらでも、養生するがよい」

交わした言葉はそれだけで、始終国王は厳しい顔をしていた。あとからアン・デュークに「王様怒っていたのかな」と聞くと、アン・デュークは笑った。

「ああいう顔で、固まっちゃってるのさ」

そっかあ、ああいうお顔なんだ、とミミズクは素直に納得してしまった。

そしてその数日後、一人の使用人がミミズクの下を訪れた。

「ミミズク様、これを」

その使用人は、鍵束を彼女に差し出した。

「これ、なあに？」

「……西にある、塔の鍵でございます」

「うん？　西の塔？」

「その塔に住まわれている方が、ミミズク様にお会いしたいと」

「ミミズクに？　どうして？」

ミミズクが尋ねるが、年をとった使用人は小さく微笑むだけだった。

「どうか、行って差し上げてください」

渡されるのは鈍く光る鍵束。ふぅん、とミミズクは特に何の感慨もなく、

「わかったよー！　行ってみる！」

にっこり微笑んで、そう答えた。ぱっと飛び上がり、道を聞いて駆け出す。使用人は長い廊下に消えて行くその背中をずっと見守りながら、小さく長い、息をついた。

西の塔の入り口には幾重にも鍵が掛かっていた。数個の鍵を四苦八苦しながら差し込んで、ミミズクはドアを開けた。すぐ傍に兵士が立っていたけれど、ミミズクの鍵を一瞥しただけで言葉を掛けられることもなく、挨拶をしても何も返してくれなかったので、

ミミズクは勝手に入って行くことにした。

ドアを開けると、そこは長い長い階段だった。

躊躇いもなくミミズクは駆け上がる。簡素なドレスをたくし上げることも覚えた。

息を切らせて上って行くと、つくりのいい樫のドアがあって。

(えっと)

コンコンコン、とミミズクはドアを三度叩いた。いつも城の住人がしていることを、真似《まね》したに過ぎなかった。

「誰だ」

中から声が聞こえて、どきりとした。

「ミミズクです」

他に言いようがなかったから、ミミズクはそう答えた。

「……入れ」

許しを得て、ミミズクは中に入る。ドアを開けると、広い部屋が広がった。ミミズクの部屋の、ゆうに倍はある。

格子の塡った、大きな窓があった。本棚があった。大きなベッドがあった、ぬいぐるみや、兵士の形をした人形も。

そしてその中心に、不思議な形をした椅子に座った影があった。

「どうした、中に入らないのか」

その椅子から、声が聞こえた。甲高い、少女のような声だった。大きな車輪のついた椅子に座る、小さな影。

薄く変色した、細い腕と足。

色素の薄い、髪と瞳。小さな身体。髪の色だけが、誰かに似ている気もした。

「はじめまして、ミミズク」

椅子に腰掛けたまま、まだ十を満たすか満たさないかという少年は、薄く微笑んだ。

「ぼくはクローディアス。クローディアス・ヴァイン・ヨールデルタ・レッドアーク」

ミミズクはまばたきをした。

「この国の、王子だ」

豪奢なシャンデリアにきらきらと反射する髪の色が、ああ国王様とおんなじなんだな。

ミミズクはそう思った。

第六章　夜の王の刻印

クローディアスはミミズクに、自分の傍に寄り絨毯の上に座るよう求めた。躊躇いもなくミミズクはそれに応えた。城で暮らし始めてから、絨毯の上はミミズクの気に入りの場所だった。座っていると決まって侍女達にたしなめられてしまうけれど。

けれどここにはミミズクをたしなめる者もない。

絨毯の上に直《じか》に座ると、ミミズクでもひどく小柄な少年王子を見上げることが出来た。クローディアスは自分の身体よりも数段大きな椅子に座っていて、その中のソファに埋もれているようだった。

「刻印を見せてみよ」

口の先だけでクローディアスはそう言った。

ミミズクは素直に、かぶっていた帽子を取って額を見せた。

「不思議な模様をしているな」

その言葉に、えへへ、とミミズクは笑った。

「手首と足首を見せてみよ」

言われるままに、腕を伸ばし手首を見せ、膝を立てて足首を見せた。

「変色しているな」

「これね、取れないって、オリエッタに言われたよ」

「鎖につながれていたんだろう？」

「うん、そう。これはね、錆《さび》みたいなものなんだって」

「動くことに支障はないのか」

「支障？ んー、痛くないし、困ったりすることはないよ？」

「……そうか」

そこでクローディアスは小さく笑った。ミミズクのあまり見たことがない種類の笑みだった。そもそも笑っているのかどうか、ミミズクには判別がつかなかった。

「ならば、ぼくの方がひどいな」

「うん？」

「ぼくの手足は醜く変色しているだろう？」

「うん」

ミミズクは素直に頷いた。醜い、とはどういうものかわからなかったが、見たことのない色をしているのは確かだったので。

「これは、生まれつきのものだ。ぼくの手足は生まれつき、動くことがないんだ」

「動かないの？」

「そうだ。欠片も。せっかく、母上の命を奪ってまで生まれて来たのに……この有り様では、国王も……さぞかし失望なさったことだろう」

その言葉を言う時だけ、クローディアスは小さく俯いてミミズクから視線を逸らせた。

「まるで呪いのような身体だ。このままでは国民の下にも晒せはしない。呪われた王子と、恐れられるだろう。それ故、ぼくは生まれてこの方この部屋からほとんど出たことがない」

ぽかんと口を開けているミミズクに、クローディアスは笑い掛けた。あの、笑っているのかどうかわからない笑顔で。

「どうだ、ぼくは不幸だろう？」

尋ねられて、ミミズクは首を傾げた。

「不幸……？」

「そうだ」

不幸というのは、幸せじゃないということだ。王子様は自分でそう言うんだから、そうなのかも知れないなとミミズクは思った。

でも、どうしてミミズクに聞くんだろう。そう不思議に思った。

「それとも、どうだ。ミミズク。夜の王に捕らえられていたお前は、ぼくよりも不幸だと主張するのか」

眉をひそめて憎々しげな表情で、ミミズクを睨み付けてクローディアスはそう言った。

「えっとー」

ミミズクはけれどその様子に臆さず、無頓着に言葉を紡ぐ。

「ミミズク、幸せよ？　このお城で、とても幸せよ？」

ミミズクの答えに、クローディアスは虚を突かれたようだった。大きくそのくすんだエメラルドのような瞳を開いた。

「国王様のおかげなんだって。王子様のおかげでもあるね」

にっこり笑って、ミミズクはそう言う。クローディアスは視線を逸らした。

「……ぼくには、なんの権限もない」

「権限」の意味がわからなかったミミズクは、唐突に立ち上がった。クローディアスの許しはなかったけれど、大きな窓から見える夕陽《ゆうひ》が、とても綺麗だったので。

「うわーすごい！」

ミミズクは歓声を上げる。

「すごいね、すごいーここ、綺麗な眺めだね！　ほら、ほら街の市場も見えるねえ！」

「み、ミミズク、ぼくの話は……！」

まだ終わっていない、という言葉はミミズクの歓声にかき消される。

「あのねあのね、あそこの市場のね、屋台の焼いた果物が、すごく美味しいんだよ！　食べたことある？」

無邪気にミミズクが聞く。クローディアスは顔を歪《ゆが》めた。

「だから、言っただろう……！　ぼくは、ここから出られないんだ!!」

「食べたことない？　わかった今度買って来てあげる！　美味しいしね、ミミズクあそこのおっちゃんと仲良しなんだ！」

にこにこ笑ってミミズクは言う。その様子に、クローディアスは大きく口を開けて何かを言いかけたが、ふと言《い》い淀《よど》むように口を閉じ、そうして小さな声で尋ねた。

「……ぼくに、買って来てくれるのか」

「うん！　買って来るよ！　美味しいしね。他にも、綺麗なものとか、楽しいものもたくさんあるよ」

何度もミミズクは頷く。幸せな気分になった。美味しいと言った時喜んでくれた、あのおじさんの笑顔を思い出したのだ。

クローディアスは顔を上げて、ミミズクを見た。まるですがるような、心細い視線だった。

「……お前は」

「うんー？」

「お前は、ぼくを、哀れまないのか」

「哀れ、む？」

ミミズクが小鳥のように小首を傾げる。

「ぼくのことを、可哀想だと、言わないのか」

「えーっと、王子様、可哀想なの？」

ミミズクの問いに、クローディアスは一瞬かっと顔を赤らめて、視線を逸らした。まるで、そう尋ね返されたことが屈辱であるかのように。

「ミミズクも、可哀想って言われたことあるよ。でも、何が可哀想なのかわからなかったな」

微笑んで、ミミズクは言う。その顔を、クローディアスはおそるおそる見つめた。

「……なあ、ミミズク」

「はあいー！」

「城下のことを、教えてくれるか。外のことを、何が美しく、何がおもしろく、そして何が素晴らしいかを、ぼくに」

囁くような声だった。

その頼みに、軽くミミズクは頷いた。

「うん！　いいよ、教えてあげるね。美味しいものも買って来てあげる！　街にはね、びっくりするものもたくさんあるの。それからね、綺麗なものもたっくさんあるよ！」

「……」

クローディアスは沈黙して、深く俯いた。

「……なあ、ミミズク」

「はあい？」

「……お前、ぼくの」

髪の合間から覗いている耳が、少し赤らんでいた。

「ぼくの、友達になってくれないか」

その問いに、ミミズクは微笑んだ。

「友達って、なあに？」

清々《すがすが》しいほど無邪気な問い返し。クローディアスも小さく顔を上げ、困ったように、笑った。

クローディアスが初めて見せる、それが彼の微笑みだった。


その日政務を終えた国王が応接室に向かうと、アン・デュークが呑気《のんき》にソファを占拠していた。一日の激務を終えた後だ。思わずそのだらしのない寝顔に火でもつけてやろうかと思うが、相手は剣で生きる人種だ。不用意なことは出来ない。

「……そこの出不精よ。職位を剝奪されたくなければ、即刻出て行け」

低い声で言うと、「うーん」と間の抜けた声を上げながら、アン・デュークが身体を持ち上げる。いつもこの部屋のソファは寝心地がいいと、失礼なことを言う聖騎士だった。

「何をしに来た」

「昼寝」

「帰れ」

「うんーそろそろ帰るさー。あんまり遅くなると奥方に怒られるからねえ」

呑気にそんなことを言って立ち上がり、そうして思い出したように王に告げた。

「そういえば、ディアとミミズクが仲良くしているって話、知ってた？」

「…………話には、聞いている」

「ふうん？　王様の差し金？」

「……囚われの姫に、会ってみたいと言ったのはクローディアスだ」

「へぇ……相変わらず甘いねえ。いや、いいんだ。会わせたことは、ちょっと驚いたけど僕もよかったと思うよ」

猫のように伸びをしながら、世間話の延長で言うアン・デュークに、国王は冷ややかな目を向けた。

「ならば、なんだ」

問われてアン・デュークは言葉を探すように困った顔をしてから、ゆっくりと唇を持ち上げた。

「……もう少しさ、ディアのこと見てやってもいいんじゃないのかい？　あんなところに閉じ込めるような真似、やめてさ。国民に見られたっていいじゃないか。突然晒すことが躊躇われるなら、今はどこかの寄宿舎に預けてもいい。レミット島を知ってる？　辺境の離れ島だけど、そこにある学校はなかなかのものだって聞く」

国王は聞いているのかいないのか、アン・デュークに目を向けることはなかった。

ため息をつき、アン・デュークは続ける。

「……ねぇ、ディアは確かにあんな身体ではあるけれど……とても聡明《そうめい》だよ」

「…………」

国王は沈黙で応えた。

アン・デュークはため息をつき、話の矛先を変える。

「魔王のミイラ化計画は順調に？」

「ああ。特に滞りはない」

「そっか……まあ、それなら、いいんだけど」

のんべんだらりとした言い草に、痺れを切らして声色を変えたのは国王の方だった。

「何が言いたい」

「いや……少し、相手があの魔王にしては少しね、上手く行きすぎているんじゃないかなってね」

曲がりなりにも、数百年という年月、あの魔物の森を統べて来た魔物の王だ。こうも容易《たやす》く、人の手に落ちるのかと思わずにはいられない。

それは、討伐の瞬間にも、感じていたことではあるけれど。

「それだけ、この国の魔術師団に力があるということだ」

国王の返答は固い。

「そうならいいけどねえ。ところで、王よ。君は、搾り取った魔王の魔力で、何をするつもりかな?」

ほんの軽い口調で、アン・デュークは問うた。

「……国のために役立てるだけだ」

「そっか」

気のないその返事に、軽くアン・デュークは頷き、そうして一つ挨拶をしていつものように応接室を後にした。

残された国王は遠ざかる足音を耳にしながら、きつく目を閉じて、小さく呟く。

「……アイリーディア………」

美しい名だった。呼べば姿が脳裏に蘇《よみがえ》る、美しい女性だった。応接室と寝室にだけ掛けられた肖像画。そこで微笑むのは、今は亡き王妃の姿。病弱な身体でありながらも国王を愛し、そしてこの国を愛した佳人。一秒でも長く生きることよりも、新しい命を生み出すことを選んだ女性。誰もが止めた出産に、彼女の答えは一つだけ。

『この国の、唯一無二の妃《きさき》となりたい』

死してなお、この国の王妃は彼女だけだった。

そして、国を背負うべき王子もまた、ただ一人だった。


「王子様！　これ見てこれ、お国の外れで取って来たのっ」

「これは、なんだ？」

クローディアスはミミズクの差し出した、透明で黄色い塊を光に透かした。

「あのね、木から出た液体がね、固まったものなんだって。ほら、中に虫が入ってるでしょう？」

「本当だ……」

クローディアスは目を細める。

「なんか、蜂蜜みたいよね。舐めると甘いかと思ってたんだけど、美味しくないからやめた方がいいよ？」

「ぼくはそんなことしたりはしない」

「そっかあ、王子様だもんね」

ミミズクはそう言ってくすくすと笑った。三日に一度の割合で、ミミズクはクローディアスの部屋を訪れていた。部屋には教育係のような人間がいることもあったが、クローディアスはミミズクの顔を見るとすぐにその者達を下げさせた。

「……ミミズク。お前に、ぼくの名を呼ぶ名誉を与える」

「うん？」

「いつもの礼だ。……王子ではなく、クローディアスの名前を」

名前を呼んでもいい、と言われてミミズクは目をぱちくりとした。頭の隅で、でもクローディアスって名前は長くて呼びにくいなあ。そう思った。

アンディだってアン・デュークじゃあ呼びにくいからアンディなのだろう。

「えっとーじゃあねえ！　クローディアスだから、クロちゃ…………」

言いそうになって、ミミズクははたりと動きを止めた。

（あれ？）

きいん、と今、頭が鳴りはしなかったか。

（く、ろ、ちゃ、ん）

違う、と頭の中で誰かが言う。

その、名前を、呼んではいけない。その名前は。

その名前は。

「クロちゃん？　そんな貧相な略し方はやめてくれ。どうせ呼ぶなら……アンディ達が呼ぶように、『ディア』、と」

そう言うクローディアスの顔が曇った。

「ディア？」

「ああそうだ。ディア。これが……ぼくが、母からもらった名前だ」

「お母さん？」

クローディアスは俯いた。

「……ぼくを産んで、死んでしまった。ぼくが、殺したんだ」

「ディアが、殺した？」

こてん、とミミズクは首を傾げた。

「ああそうだ。ぼくが、殺した。母上は、身体の弱い人だった。魔力に耐性がない人だった。この国の増えゆく魔力に身体を圧迫された。本当は……子供など産める身体ではなかったのだ」

　ふぅん、とミミズクは思う。それでどうしてクローディアスが殺したことになるのかな。

「でも、ディアに生まれて欲しかったのよね？」

「……………そうであったら、いいと、思う」

　クローディアスはそこで顔を歪めた。

「けれどぼくはこんな身体だ。国王も、さぞ、疎んでいるに違いない……」

「疎んでいる？」

　ミミズクはまた首を傾げた。クローディアスはよく、ミミズクの知らない難しい言葉を使う。

「……嫌いだということだ、ミミズク」

「へーよくわかんないけど……」

　そこでミミズクはにこにこと笑って言った。

「嫌われてても、生きていてもいいと思うし、ミミズクはディア嫌いじゃないよ？」

　その言葉に、クローディアスは切なげに目を細めて、ぽつりと言った。

「……ミミズクも、嫌われていたのか？」

「うーん……」

そこでほんの少し、ミミズクは眦《まなじり》を下げた。

「覚えてない」

その表情がまるで泣いているみたいだと、クローディアスはそう思った。


ある日アン・デュークがミミズクの暮らす部屋を訪れると、ミミズクは窓辺に肘をついて、一心に空を見上げていた。

「ミミズク？　何か、外におもしろいものがある？」

そう尋ねると、ミミズクは振り返りもせずぼんやりと答えた。

「月が、ないかと思って」

「月？　まだ昼間だよ」

「うん。白いの。見たい。夜の、金のでもいいよ」

「ふぅん。ミミズクは月が好きなんだね」

何とはなしにそう言うと、ミミズクはそっと顔を曇らせた。

「うん、なのかな。なんだかね、……懐かしい」

小さな囁きは、まるで吐息のようだった。

「ねぇ奥方、僕は思うのだけれどね」

自身の館に戻り、ソファに座って足を投げながら、アン・デュークはそんな風に切り出した。

「はい？」

帳簿を見ていたオリエッタは、手を止めることもなく返事を返す。

「ミミズクの、記憶がないのは幸せなことなのかな」

「…………」

オリエッタの手が止まった。

アン・デュークは目を閉じて続ける。

「人はそんなに軽々しく、つらい過去を忘れてもいいものだろうか。たとえば、幸福っていうのはたくさんの涙や、苦しみの上で初めて輝きを増すんじゃなかろうか。人の強さってのは、そういうものなんじゃ」

「……ね、アンディ」

微かな声でオリエッタが言った。

「ん？」

アン・デュークが顔を向けると、オリエッタは立ち上がって、本棚から一冊の書物を取り出して来た。古い古い、それは何かの写しのようだった。

「黙って、いたのだけれど。わたくし、どうしても気になって、神殿の古文書を調べてみたの」

神殿の地下図書館には、ゆうに数百年前の書物が厳重に保管されている。それは一般の人間の目に触れられるものではないが、神殿の出身であり〈聖剣の乙女〉として今でも神殿に強い影響力を持つオリエッタは、地下に出入りすることが出来た。

「？　調べた、って……」

「……ミミズクの、額の刻印よ。あの子に掛けられた魔法が、一体どんなものなのか」

「わかったのか？」

オリエッタは静かな所作でアン・デュークの下まで歩み寄り、そうして膝を折って長いまつげを伏せた。

「満ちて欠ける月の、途絶えた調べ」

ゆっくりと、古い書物が開かれる。変色した羊皮紙、かすれたインクで、描かれた紋様は、確かにミミズクの額にあるもの。

「あれは、記憶封じの刻印よ」

アン・デュークは目を見開いた。信じられないというように口元を覆い、そうして厳しく眉根を寄せて吐き捨てるように言った。

「なんてことだ!!　魔物は、ミミズクを捕らえ、記憶まで消したっていうのか!?」

「いいえ」

強い口調でオリエッタは否定した。

「いいえ、そうではないの。それじゃあ順番がおかしいのよ。ミミズクは、森でのことも忘れているわ。魔法が発動したのは……ミミズクが森を出る、その時」

アン・デュークは思い返す。

森が燃えていた。その中で、うずくまっていた少女。

泣き叫び、傷ついていた。

誰かの名前を呼んでいた。

自分の手で口元を覆い視線を彷徨わせながら、ひとりごちるように呟く。

「魔物にとって……都合の悪いことでもあったのか……？」

「どうかしら。魔王の真意はわからないわ。ただ、忘れていることが、ミミズクの意志ではないのなら……」

目を伏せたまま、オリエッタは言う。

「記憶は取り戻せないのか」

アン・デュークが尋ねた。

「やってみる価値はあると思う。けれど、それが本当にいいことなのかわからないの。栄養失調の身体に、手足首には消えない鎖の痕。決して楽しい暮らしじゃなかったでしょう。それに、相手は……魔物の王よ。本来、人の魔力で太刀打《たちう》ち出来るものではないわ。それでも、もしも望みがあるとするなら……それは多分、ミミズクの意志に掛かっているんだわ」


「どうする？」

ありのままを話したアン・デュークに、ミミズクは戸惑う表情を見せた。

そこにある躊躇いに、優しく笑み掛ける。

「少しでも嫌な気持ちがあるんなら、いいんだよ。君の人生はこれからだ。記憶なんてなくても、いくらでも幸せになれるだろう」

ベッドに座り込んで、けれどミミズクが尋ねたのは全く別のことだった。

「………魔法をといたら、額の模様は、消えてしまう？」

おずおずと言った言葉に、アン・デュークは眉を上げる。

「いや、効力を消すだけだから……残念ながら、刻印は消えないはず……」

「じゃあ！　する！」

ぱっと顔を上げて、ミミズクは即答した。きらきら光る瞳で、頷いた。

「ミミズク……君はその刻印が、好き、なのかい？」

無垢な笑顔で、ミミズクは笑った。

「だって、これ、綺麗だもの」


ドアをノックすると、必ず「誰だ」と誰何《すいか》される。「僕だよ」そうアン・デュークが答えると、いつも直《す》ぐさま入れと許しがあるのだ。

「やあ、久し振り」

そう言って手を上げて笑うと、クローディアスも顔をほころばせた。年相応とは言い難かったが、それでも心許した笑みだった。

「今日のこの時間は教師がいなかったっけ」

「うん、いないよ」

「そっか」

「ねえ、アンディ」

いつもはアン・デュークの話す言葉に耳を傾けるばかりのクローディアスが、珍しく話を振って来た。

「ミイは、どうなった？」

「ミイ？」

一瞬首を傾げたアン・デュークだが、すぐに気づいて笑った。

「ああ、ミミズクのことかい？」

「う、うん」

ちょっと頬を赤らめて、クローディアスが頷く。ああ、この少年もこんな豊かな表情が出来たのかと、アン・デュークは静かに感動した。

「仲良くなったみたいだね。ミミズクが、今日のことを、君に？」

「うん。解呪の魔法を掛けるんだって言ってたよ。ミミズクの記憶は、戻るの？」

「……どうだろう。今、一日掛かりでリーベル達がミミズクに魔術を掛けているよ。付き添いで、うちの奥方も来てる」

「そっか……」

「ずいぶん仲良くなったようだね」

顔をほころばせながら、アン・デュークはそう言った。少しだけクローディアスは俯いて、ぼそぼそと言う。

「あいつ、変なんだ。ぼくに全然恐縮しないし、哀れんだりもしない。いつも笑ってる」

「……ディア。哀れんで欲しかったのかい？」

アン・デュークの問いにぱっと顔を上げ、けれどクローディアスは言葉に詰まって口を閉じた。

そうしてぽつりぽつりと、言葉を落とす。

「わからない。けど、自分のこと不幸だって、絶対にミィは言わない。そういうの見ていると……なんだか……」

それ以上は言葉にならないようだった。

アン・デュークは静かに近寄って、クローディアスの頭をぽんぽん、と優しくなでた。

この国で、彼の頭にこうして手を置けるのは、アン・デュークとオリエッタ、そして灰髪の王のみだった。アン・デュークがクローディアスと出会った時、彼は未だ紅葉手を持つ赤子だった。そしてその成長を見守って来た。子を持たない夫婦であるアン・デュークとオリエッタにとって、クローディアスには特別な思いもあった。

「……ミミズクの、記憶が戻ったら」

優しい声でアン・デュークは言う。

「それはもう、僕らの知っているミミズクではないかも知れない」

「え……？」

驚いてクローディアスが顔を上げる。

「記憶というのはね、その人物を形成する確かな一つの要素なんだ。失われた記憶が戻ったミミズクは、全然別の人間になっている可能性だって、ある」

「そんなのは嫌だよ!!」

思わずクローディアスが声を荒らげた。

なだめるように、アン・デュークは微笑む。

「でも、そんな新しいミミズクとも、また友達になれたらいいなと思ってる。そうだろう?」

「それは…………うん……」

唇を噛んで、クローディアスは小さく頷いた。アン・デュークは答えるように大きく頷いて、「もしも」と続けた。

「もしも……ミミズクの記憶が戻って、そうしてこの国にまだいてくれるのなら……僕らの娘にしようかと、思ってる」

クローディアスはその言葉に、目を見開いてアン・デュークを見た。

ほんの少し、照れくさそうにアン・デュークは笑って、

「もちろん、ミミズクがいいって言ってくれればだけどね」

そう付け加えた。

「……ぼくも……」

クローディアスが顔を逸らすように俯いて、そうして微かな声を漏らした。

「うん?」

「ぼくも、アンディとオリエッタの子供に生まれていたらよかったのに」

蚊の鳴くような小さな声に、アン・デュークはクローディアスを覗き込んだ。

「父上が嫌いかい？」

「嫌いじゃない!!」

クローディアスは大きくかぶりを振った。

「嫌いなものか！　でも、ぼくみたいなのが王子だから、国王は絶望なさっているはずだ！　ぼくが……こんな身体だから……!!　母上を殺して、生まれて来たのに……！」

アン・デュークは小さく微笑んで、ゆっくり首を振った。

「……自分の親に、敬語なんて使うもんじゃないよ」

「……………だって……」

「なあ、クローディアス」

そこでアン・デュークは一度窓辺に進み、クローディアスに背を向けた。

「手足が動いたら、いいと思うかい？」

「…………そりゃ、いいと、思う。そうなって欲しい。でも、この国の魔術師達がどうやっても、ぼくの手足を動かすようには出来やしないんでしょう？」

「どうかな」

「出来るの!?」

すがりつくように、クローディアスは問うた。アン・デュークは振り返らずに、静かに言う。

「……強大な魔力があれば、あるいは……」

「そんな魔力、どこにあるって言うんだ!」

クローディアスはそう叫び、そうして唇を噛んだ。

アン・デュークは振り返ると、もう一度クローディアスの頭をなで、「また来るよ」と優しく告げた。

そうして手を離したアン・デュークに、クローディアスは俯いたまま、

「……ミィに、会ったら。また来てって、待ってるって……伝えて……」

切れ切れにそう言った。泣きそうに語りながら、涙を流さない少年だった。涙をぬぐう術《すべ》を持たない少年だったから。

「必ず伝えるよ」

アン・デュークはそう頷いて、そうしてクローディアスの部屋を後にした。


「ミミズク、気分はどう?」

まる一日掛かって解呪の魔術を受け終えたミミズクに、オリエッタが優しく尋ねた。

隣から、アン・デュークも覗き込む。

結局、夜の王の刻印の解呪は、完全には成らなかった。

『最後の壁が破れない、それが正直なところです』

魔術師団長であるリーベルはそう言った。

『しかし、封印はぎりぎりまでほころんでおります……そのほころびから、記憶が蘇る可能性は、まだ存分に』

ミミズクはベッドに埋もれながら、ゆっくり緩慢な動作でまぶたを下ろした。

「あたま、いたい」

「大丈夫？」

小さな身体に、負担はさぞ大きかったことだろう。

「うん。ゆめを、みた」

「どんな夢？」

オリエッタが尋ねる。

ミミズクが乾いた唇を開いた。

「わたしに、だれかがいうの。わすれてろ。わすれてろ。わたしは、いやだっていった。ふざけんなばか、なんでわたしわすれなきゃいけないのよーう」

過激な言い方を、まるで棒読みで言うのでオリエッタは思わず笑みを漏らした。

「いつものミミズクじゃないみたいね」

「わたしだよ」

はっきりと、ミミズクは答えた。

「あれは、わたしのこえだ」

そうしてもう一度、確かめるように言った。

「ふざけんな、ばか」


次の日王城のミミズクの部屋に、珍しい客人が招かれた。

「ああ、久し振りだ。そう、確かに君だ」

ずいぶん恐縮しながらおそるおそる王城の絨毯を踏んでやって来た彼だったが、ミミズクの姿に思わずといった風に顔をほころばせた。小太りの身体に質素な上着は、王城の白い壁にひどく不釣り合いではあった。

「覚えているかね。ええと、わたしは君と、森で出会ったのだけれど」

「?」

ベッドに座ったままで、ミミズクは首を傾げた。

男を連れて来たオリエッタが、もっとミミズクに近づくように促した。

「シーラさん。どうかその時のことを詳しく話してください」

「はい、オリエッタ様」

シーラと呼ばれた男は帽子を胸元にやって一度オリエッタに深々と頭を下げ、そうしてミミズクに向き直った。

「わたしが森で迷って難儀をしておったら、君が突然、わたしに話し掛けて来たのですよ。魔物かと思って、わたしは怯えてしまいました。君は……そう、わたしをおじさんと、呼んだ」

「おじさん」

鸚鵡のようにミミズクは反復した。

シーラは小さく微笑んで、何度も頷いた。

「そう。そして道を教えてくれたね。この道を行って川に沿って下れと。その言葉のおかげで、わたしは森を抜けることが出来たのです」

「道を下って、川に沿って……」

「わたしは君に問いました。『君は？』と。そう、そうしたら君は自分の名を答えたのですよ。『君はどうするのか』とわたしはそういう意味で聞いたのに、『わたしはミミズク』と」

「わたしは、みみずく……」

きいん、と頭が鳴った。

(んー？　あたしミミズクだよーう)

このこえは、だれのこえ。

「そして、『一緒に来ないのか』と聞いたら、君はこの花を持って行くから駄目だと言った。真っ赤な花を持っていましたね。わたしに、魔除《まよ》けだと言っておしべをくれた」

シーラは記憶をたどりながら、ゆっくりとその時の情景を語った。

「まっかな、はな」

「手が血で濡れていた。見たことのない、見事な赤い花でした」

「あかい、はな」

ミミズクの背中を、汗がつたう。心臓が、早鐘を打った。

「なんと、言ったかな……そう、そうだ。その花をフクロウに持って行かなくてはいけないと、君は言ったのですよ。ミミズクとフクロウという取り合わせだから、よく覚えています」

「フクロウ」

(んじゃあー。フクロウー！　フクロウって呼ぶよ！)

夜が深かった。

闇が濃かった。

月が、美しかった。

「ふくろう、ふくろう……」

「ミミズク？　どうしたの？　大丈夫？」

隣からオリエッタが尋ねた。ミミズクは答えず、ただぶつぶつとその名を呼んだ。

「あれ？　ちょっと失礼。額の模様が変わっていますねえ」

シーラがミミズクを覗き込んで、そんな風に言った。

「前は、どんな紋様だったのですか⁉」

オリエッタが驚いて問い掛ける。

「ええと、わたしが見た時は、模様ではなく確か数字でした。三つの……3・3・3
……？　いや、違うな。3・3・2だったかな……」

（さんびゃくさんじゅうにば――ん！）

それは、わたしの。

あたしの、ばんごう。

「い……や……」

ミミズクは目を見開いて、そうして自分の耳を覆った。

オリエッタが名前を呼ぶ。けれど、その言葉も最早耳には届かず。

「いやああああああああああああああ！！！！！！」

まるで断末魔の叫びのように、ミミズクは一声そう、叫んだ。

そう、まるであの日、フクロウと別れた、最後の日のように。


ミミズクは吐いた。泣きながら、胃液だけになるまで吐き続けた。ずっと背中をさすってくれるオリエッタの手をしかし振り払って、吐き続けた。

記憶の濁流に呑み込まれながら、吐き続けた。

全ての記憶を、もう一度たどる。あの日あの時何が自分に起こり、そうして自分は何を感じ、何を、殺したのか。

けれど、思い出すことを拒否することはなかった。痛み、苦しみ。今ならわかる。あの村で、自分がどれほど死の間際に生きていたか。けれどもう一度取り戻す。

もう、目を逸らさない。もう、何も諦めない。

そして、たどりながら、必死で、探した。

(優しくされていたはずだ)

いつの時か、きっと。

(ミミズクは、優しくされていた)

優しくしてもらったんだ。

（二つの月）

銀色。それから、金の。月。

ジャラジャラと鳴る、ミミズクの鎖の音。ミミズクの世界の音。

（フクロウ）

叫ぶように、心の中で名前を呼ぶ。

（フクロウ……!!）

「忘れる…………もんか…………」

そうしてミミズクはぎゅっと拳を握りしめ、実際に叫んだ。

「人の記憶勝手に消すんじゃねーやフクロウの馬鹿ああああああああ!!」

そうして目を剝《む》いたオリエッタの隣で、ミミズクは倒れ込むように意識を失ったのだった。


一方その頃、王城の地下。

刻一刻と魔力と生命力を搾り取られて行く中で、フクロウはぼそりと呟いた。

「馬鹿はお前だ。……愚か者め」

しかし小さなその呟きを、聞きとどめる者はいなかった。

第七章　騎士と乙女

†

それは、王妃の国葬を終え、剣の聖女が代替わりを迎えてすぐのこと。

王城へ向かう野道だった。牧歌的すぎるほど、青空は澄んでいた。

「自由になりたいかい？」

不運な事故により壊れた馬車から美しい少女の腕を引いて。

そうして少年は問うた。

「ねえ。今は君はこうして籠の中。ねえ君、君は自由になりたいかい？」

少女は笑った。その通りがかりに助けてくれた少年の、無知と無遠慮をあざ笑うかのように、唇を曲げて。聖剣の巫女にあるまじき笑い方で。

「なれるものなら、とっくの昔になってるわ」

その答えにアン・デュークはまず面食らって驚いた。それから笑って――頷いた。

たった一度の邂逅《かいこう》。

それが、彼の優しさが未来を見据え、彼女の強さが未来を引き寄せた瞬間だった。

†

王城と神殿をつなぐ石畳の廊下を、音を立てて直進する影があった。

「おどきなさい!!」

一喝で扉の前の門兵達を下がらせ、そのドアを開ける。魔方陣だけがほの暗く光るその部屋を、迷いもなく突き進む。

「お、オリエッタ様……!」

「これは一体どういうこと!?」

集まった魔術師達がどよめく中で、オリエッタはそのよく通る声を張り上げた。満足に休んでいないのかその髪は所々ほつれ、顔には疲労の色が濃かった。だがその黒い瞳の光だけは、強い。

「言いなさいッ！　誰がこんな悪趣味な真似を始めたの!?」

「国王の命である」

重々しく声を上げたのはリーベルだった。

「リーベル殿！　あなたまでこの悪趣味な魔術に荷担していたとおっしゃるの⁉」

「我らは王の命に従ったまで」

「いいからおやめなさいッ！　即刻、この悪趣味な覗きを！」

オリエッタが魔方陣の中心に乗り込んで行く。そこにいた数人の魔術師達は、動揺をあらわにした。この国では、聖騎士であるアン・デュークと聖剣の巫女であるオリエッタは、その人物が持つ生来の身分とはまた別に、特権が与えられる。国事について、時には国王側近の大臣にさえ勝る発言力を持っているのだ。

この場でオリエッタと同等に喋れるのは、魔術師団を統べるリーベルだけだった。

「おやめください、オリエッタ殿！　魔術は未だ発動しております。手順を踏まず打ち切れば、ミミズク殿の御身にいかなる反動が降り掛かるや、わからないほど粗末なご教育を受けていたわけではありますまい！」

リーベルの制止の声も、しわがれてこそいたが十分な威厳を感じさせた。オリエッタの指先が止まる。

オリエッタが触れようとしたのは、大きな水鏡だった。

「オリエッタ殿……どうかご理解を。わたくしどももまた、記憶を呼び覚ました者としての責任が……」

「あなたは、自分の記憶に土足で踏み込まれて黙っていられるのですか」

オリエッタが尋ねる。黒曜石のような瞳に涙が浮かんでいた。

「……どうかご理解を。これもまた、国のため……」

リーベルが深く頭《こうべ》を垂れた。

「出てお行きなさい」

オリエッタは細い指を伸ばし、ドアを指した。

「後は、わたくしが見届けます。わたくしの夫の逆鱗に触れたくなければ、即刻この部屋から出て行くのですッ！」

魔術師達はその言葉に逆らうことは出来なかった。誰もが一度深くオリエッタに頭を垂れ、そうして部屋を後にする。

残されたオリエッタは、すがりつくようにして水鏡を覗き込んだ。

オリエッタがここに駆け込んで来たのには理由があった。突然暴れ出し、手のつけられなくなったミミズクから、微弱な魔力の気配を感じたのだ。神殿で一流の魔術を学び、そうして抜きんでた才能を持っていたオリエッタだからこそ知ることが出来た。

――ミミズクの記憶は、どこかで「読まれている」と。

幾重にも、万華鏡のように変わるその風景は、そのままミミズクの記憶だった。

オリエッタは唇を結び、その情景を見据えた。

たとえそこに何があっても、必ず受け止めよう。

それが彼女を愛するために今、必要なことだと思った。

ミミズクの記憶が戻ったと聞いて、アン・デュークもまた城へ駆けつけた。

部屋の扉を開けて、まず真っ先に飛び込んで来たのは、断末魔とも呼べるミミズクの叫びだった。

「フクロウはどこ!?」

周りを取り囲む使用人達に摑《つか》み掛《か》かって、ミミズクはそう叫んでいた。

「フクロウ、フクロウをどうしたの、どこにやったの！」

アン・デュークはその剣幕に思わず足を止める。目を見開いて髪を振り乱し暴れ回るその姿は、まるで獣じみていて。

「いやあ、いやあ返して、フクロウを返してっ!!」

ミミズクには周りの何も見えていないようだった。ただ「フクロウ」という何者かを求め、わめき、暴れていた。

『記憶を取り戻したミミズクは、もう自分達の知っている彼女ではないかも知れない』

そう言ったのはアン・デュークだった。彼女は自分達の知らない彼岸に渡ってしまったのかと、一瞬そんな思いがアン・デュークを絡め取る。けれど。

「ミミズク!!」

アン・デュークが声を張り上げた。

けれどそれでも、今まで過ごして来た、短かったけれど確かな日々があった。その日々の中で、ミミズクは確かに微笑み、幸福を感じていたはずだった。

一縷《いちる》の望みを懸けて、ミミズクの名前を呼んだ。

その動きが一瞬、止まった。噛みつかれ、爪を立てられていた使用人達も、ぼろぼろになりながらアン・デュークの姿を見つけ、救いを得たような顔をした。

「ミミズク、大丈夫だ、何も、怖いことなんてないんだ」

ゆっくりと歩み寄りながら、アン・デュークは出来る限り静かな声音でそう言った。傷ついた獣をいたわるように。

ミミズクは呆然とアン・デュークを見つめ、そうして二、三緩慢なまばたきをした。

一瞬のきらめき。そこに見える千変万化の表情。哀しみのような喜びのような痛みのような。そうしてどんな顔をするか、決めかねているように顔を歪めた。

「……あん、でぃ」

「うん、なんだい？」

そうしてミミズクの髪に、ゆっくりとアン・デュークの手が触れる、その瞬間だった。

いっそ小気味のいいほどの音を立てて、アン・デュークの手が払いのけられた。

「！」

アン・デュークは驚いて目を剝いた。

ミミズクはアン・デュークを見上げ、その目を真っ向から睨み付けていた。そこにあったのは、確かな意志。憎しみでは、ないとしても。悔しさと、苦しさの交ざったような。

「出て行って」

ミミズクははっきりと告げた。

「出て行って、アン・デューク」

「ミミズク……」

「出て行って！　誰も彼も、みんな出て行って‼」

そう告げた、その表情は確かに、アン・デュークの知らないミミズクだった。アン・デュークの知るミミズクはいつもどこか夢でも見ているようで、無邪気な微笑みと、素直な驚きの表情ばかりだった。

ここまで強い顔が、この少女に出来たのかと思った。

「ミミズク……一人で、大丈夫なのか？」

それでも尋ねた。ミミズクはきつく唇を噛んで、拳を固めながら俯いた。

「お願い、一人にして」

「……わかった。出て行こう」

アン・デュークは一言優しくそう言い、周りにいた使用人達を全て下がらせた。最後に部屋を出ようとしたアン・デュークは一度だけ振り返り、部屋の中心で一人立ちつくすミミズクに声を掛ける。

「でもミミズク、これだけは忘れないでくれ」

たとえ、どんな記憶の中、世界の中に君がいたとしても。

「僕らは、君を愛しているよ」

忘れないで。

ミミズクはその言葉に、両手で顔を覆って大きくかぶりを振った。そうして振り切ろうとしているものは、アン・デューク達との思い出なのか、それとも。

静かな音を立てて扉は閉められた。

それを合図に、ミミズクはまるで崩れるように床に座り込んで、そうして小さく、小さく呟いた。

「……あたしも、大好きだよ、アンディ」

ああ、これだと思った。

この熱い、雫が、涙なのだ。

「でも、許さない」

愛しているけれど、許さない。

「……フクロウの絵を焼いたあなたを、あたしは絶対に、許さない」

ねぇ、どこにいるの。

そう呟きながら、ミミズクはただ、フクロウを思って泣いた。


その夜、ミミズクはベッドの脇のランプ一つをつけて、ベッドに座り込んでいた。食事は運ばれて来ていたが、口にする気になれず、ただ水だけは一口飲んだ。

ミミズクは考えた。考えに考えていた。今まで頭を使わずに生きて来たミミズクだった。けれどフクロウのため、そして自分のために考えた。自分が何を、すべきかを。

ベッドの上で、正座をしてきちんと座った。涙をぬぐった。下手な顔で、会えないと思った。

そうして、はっきりと、言った。

「クロちゃん、出て来て」

数秒待った。反応はない。

けれどミミズクは何も疑わなかった。

「クロちゃん……!!」

ただ、その名を呼んだ。

ポン！　と小さな音がして、目の前に炎が揺らめくように、小さなクロが現れた。

あの森でずっと見て来たどの姿とも違い、半透明で希薄な存在感であった。けれど、上の右手でぽりぽりと頰を掻くその動作は、確かにクロのものだった。

「……ひさしぶり」

ほんの少し涙目で、ミミズクは言った。

「……もう一度、会えるとは思っておらんかったよ、ミミズク」

鼓膜を震わせる、それは確かなクロの声で。

「どうして？」

震える声でミミズクは問うた。

淡々とクロは答えた。

「住む世界の問題だ」

「あたしが記憶をなくしたから？」

「そうとも言う」

「ふざけないで」

ミミズクの声は低く、言葉は断罪のように重かった。

そして、堰《せき》を切ったようにクロの前に身を乗り出してまくしたてる。

「ってかね、フクロウはどうしてこんなわけのわからないことをしたの⁉　信じられない、信じられないよ‼　そんなにあたし邪魔だった⁉　邪魔だったことは知ってるよ！　わかってるよ、でも、で、でも、そんなに⁉」

じわりとミミズクの目に涙が浮かんだ。

「そ、ん、そんなに、あたし、いらない、子だった？　迷惑、だった……？」

あの日あの森でどれほど自分があつかましいことを言っていたか、ミミズクは自分でわかっているつもりだった。昔よりもずっと、あの森にいた頃よりもずっと、ミミズクには色んなことがわかっていた。

痛みに、引き裂かれそうだった。

僅かでも気を抜けば、過去の痛みに、身体と心が裂かれてしまいそうだった。けれど、まだ倒れるわけにはいかない。自分の生きている世界を捨てるわけにはいかなかった。

だって、ミミズクはまだ、もう一度フクロウと出会ってはいなかったから。

ミミズクの問いにクロは答えず、ただその表情の読めない瞳で、じっとミミズクを見上げていた。

「……あのねえ、クロちゃん」

ミミズクは涙をぬぐって、打って変わって弱々しくクロに言った。

「フクロウね、捕らえられちゃったよ。どうしよう、フクロウ、捕まっちゃったよ……」

「王が人の手によって捕らえられたことは聞いた」

「うん。ねえ、魔物は、助けに行かないの……？」

「それは出来ない」

「どうして？」

「この身体を見てみよ、ミミズク」

そうしてクロは四本の腕を大きく広げた。うっすらと揺らめき、その向こうが透けて見える身体だった。

「今、この国には厳重な結界が張られている。城にも然り。王の捕らえられているであろう、地下にも然り。ワタシとて、こうして網の目をかいくぐるようにやって来たが、そう長くはいられない」

「……魔物は、ここに来られない？」

「然り」

クロは頷いた。

「しかし、それもまた、直接の理由ではない」

「どういうこと？」

手のひらを返すような言い方に、ミミズクが問い返す。クロはぱかりと、その石榴のような口を開いた。

「人間どもは夜光の君の魔力をとことん舐めきっている！」

そうクロは叫ぶように言った。ぱたぱたという音もなく、コウモリのような羽が大きく揺れた。

「たとえ新月の夜、魔力が弱まるいっときに囚われることがあっても！　あの方を誰と思われる！　魔物の王ぞ、夜の王ぞ！　今ひとたびの満月に至れば、たとえ囚われの身であっても、この街一つ、この国一つ、焼きつくして逃れることが出来ぬ道理がどこにあるのか！」

そこでぴたりとクロは動きを止めた。

「……しかし、夜光の君はそれをなさらなかった」

「う、ん……」

ミミズクにも、クロの言う意味はわかった。たとえば、かつてフクロウがミミズクを食べてくれなかったことで、彼女がどの魔物の手に掛かることもなくなったように。

「今ここにこの国があるということ。それすなわち夜光の君の意志であり、たとい魔物が何を望んでも、それを曲げるわけには……いくまいて」

「夜の王を見捨てるの⁉」

ミミズクは思わず叫んだ。

クロはミミズクの視線から逃れるように頭を垂れる。

「……夜の王は不滅である」

「でも！」

「たとい現王が倒れたとしても、時間を掛け、大地に魔力は集まり、そうしてまた王が生まれる。そういう仕組みなのだ」

「じゃあ、フクロウのこと見捨てるの⁉」

クロは答えなかった。

ランプの炎が揺れる中で、闇夜にふさわしい静寂が訪れる。窓から覗く月は不釣り合いなほど大きく、美しかった。

やがてぽつりとクロは言った。

「……ワタシには、どうすることも出来ぬよ」

その答えに、ミミズクは唇を噛んだ。

じゃあ、と思う。

(じゃあ)

ミミズクには、何が出来るだろう。そう思った。

そもそも何かをすることを、望まれているのだろうかと思った。記憶まで消されてしまった自分だ。フクロウのためを思って動いたところで、それはただ疎まれるだけの行為でしかないのだろうか。

(疎んでいる……)

その意味が、やっとミミズクにはわかった。膝の上で拳を固めて、歯を食い縛って考える。かつて森にいたミミズクならば、こんな風に思うことはなかった。ただ誰の心の中も考えず、自分のやりたいように、誰かにやれと言われたように生きていればよかった。愛されることを知ってしまったミミズクだったから、愛されないことの恐怖もまた、身を以て知ることとなってしまった。

(たくさん、わかるって、哀しい)

それでも戻りたいと思わなかった。何も知らないあの頃に、痛みさえも痛みとわからないあの頃には、もう戻りたくないと思った。

ミミズクはフクロウを救いたいと思った。

幸福を知り哀しみを知り涙を知り、その上で、やはりフクロウと共に、あの森に帰りたいと願うのだ。

(それでも)

それでも、と思う。駆けめぐる記憶は、あの森のこと。あの村のこと。そうして――この国のこと。

アン・デュークはミミズクを優しくなでてくれた。

オリエッタはミミズクを優しく抱きしめてくれた。

クローディアスはミミズクの友達になってくれた。

みんなミミズクに優しかった。この生活。この幸福。あの優しい人達に後ろ足で砂を掛けるような真似をしてまで、フクロウを救おうとすることが、果たして誰のためになるというのだろう。

フクロウさえも、それを望まないかも知れないのに。もしも救いに行ったところで、同じように拒絶されるかも知れないのに。

あの森にいた頃のようにフクロウに拒絶されたら、果たして今の自分は耐えられるだろうか。

ここにいて、美味しいものを食べ、優しくなでてもらって、幸せになって。

「……そうだ、ミミズク」

ミミズクの考えを優しく遮るように、クロの声がした。はっとしてミミズクは顔を上げる。

「ワタシは一月前、夜光の君の命により、これを手に入れて来た。手を出せ、ミミズクよ」

「え？」

ミミズクの差し出した手のひらに、一房の髪が落とされた。たいしたツヤもない、鳶色の髪だった。

「これは……？」

どこかで見たことがあるような気がした。でも、どこで？

「夜光の君の命で確かめた、これが証拠だ。お前が腹を裂きかけた男は、ピンピンしていたぞ」

「え……？」

ミミズクは驚きに目を見開いた。

（どういう、ことだろう）

ミミズクはその手におさまった一房の髪を見る。この色は、確かに。そう、確かに。あの血にまみれた記憶の、最後のページに刻まれた、あの男の。

生きていた。

それが本当かどうかはわからない。疑えばきりがなく、詭弁《きべん》ならばいくらでも振りかざせるだろう。けれど、生きているとクロは確かめてくれた。

ミミズクは、誰も殺していないと。

フクロウが、それを命じた。

「あ………」

ミミズクはその髪を掴み、拳を自分の額に押しつけた。

なんて、わかりにくいんだろう。なんて、ひねくれていて、なんて、不器用なのだろう。

それなのに。

(優しくされていたんだ)

ミミズクにはわかった。

(ミミズクは、ずっと、精一杯、優しくされていたんだ)

それが、わかった。

温かい雫が落ちた。哀しみではない涙が、ただ流れた。

「では、ワタシは行くぞ、ミミズク」

「あ……クロちゃん……!」

ミミズクが顔を上げると、クロの姿がゆらりと不安定に揺らめいた。

「すまないが、そろそろ限界なのだ。これ以上魔力を高めれば、見つかってしまうやも知れぬ」

そうして、クロは一瞬迷うようにして、それからほんの少し、笑った気がした。

「ではな、ミミズクよ。もしも運命が許せば……また、会おう」

「待って、待ってクロちゃん! 一つだけ教えて!」

泣くなと自分に命じながら、それでも涙が止まらないのがもどかしかった。もっと強く、もっとはっきりと、クロの姿をこの目に焼き付けておきたいのに。

「一つだけ教えて……！　クロちゃんは、フクロウが大事だったの⁉　それとも……クロちゃんが大事なのは、夜の王で、フクロウじゃなくても、王様なら誰だって、なんだってよかったの……⁉」

とうに朝もやよりも薄い存在となっていたクロだったが、それでもはっきりと、ミミズクの問いに答えた。

「そうだ」

ミミズクが顔を歪める。

「その通りだ、ミミズクよ」

クロはそう答えた。けれど、本当に最後、最早姿も見えないその時になって、ミミズクの耳に残った、声は。

(けれど……ワタシも彼の王の描かれる絵は……何物にも代え難く、美しいと。そう、思っておるよ)

それがクロの最後の言葉だった。

一人きり、ランプの灯りだけが光る静寂の中に取り残されたミミズクは、そのままずいぶん黙って座り込んでいたが、やがてその手の甲で涙をぬぐって、大きな窓から月を見上げた。

　王城から見上げる月は、まるでフクロウの瞳のように美しく澄んでいた。


　その日王城の執務室に音を立てて乗り込んで来たアン・デュークに、灰髪の王はけれど動じず手元の書類に走らせる目も止めなかった。

　アン・デュークはその、漆の塗られたつくりのよい机に両の手のひらを叩きつける。低く大きな音が鳴った。

　彼の瞳は青く燃えるようで、顔色は僅かに血の気が失《う》せていた。

「今すぐ夜の王の拘束をやめさせろ」

　低い声でアン・デュークはそう言った。

「それは出来んな」

　王はその言葉に、書類から目線を上げることもなくまるでわかりきったことのように、当然のように返答した。

「何故だ！　アンタのことだ、もう知っているはずだろう、もう魔術師達から報告が来ているはずだろう⁉」

　焦りのあまり、アン・デュークは思わず王の胸ぐらを掴んだ。

「……離せ」

答える王の声も、低く、冷たい。

「ここで私に手を上げてみろ。私にも譲れないものがある。お前が妻の手を取りこの国から出奔したとしても、この国に残ったお前の一族と兄達全てを晒《さら》し首《くび》にする覚悟があるのか」

ぐっとアン・デュークが声を詰まらせた。脅しではなく、この王は本気なのだと、それがわかっていた。

ゆるゆると手を離す。王はもう、目を逸らす真似はしなかった。

拳を固めたアン・デュークが、低く震える声で言った。

「……あの善良な魔物を拘束する理由が、一体どこにある」

「魔物は、魔物であるというだけで、ただそれ自体が悪だ」

「そんなはずがあるかッ‼」

アン・デュークは叫んだ。

昨夜遅く屋敷に戻って来た彼の妻は、落ちる涙をぬぐうこともせずただ語った。一人で心に秘めておくことなど出来なかったのだ。

ミミズクの歩んで来た道は、それほどまでに、壮絶だった。

「ミミズクを痛めつけ、そうして壊した人間どもと、あの子をいたわった夜の王と、悪はどちらだ。どちらが悪だとアンタは言うんだ!!」

「……魔王討伐を行ったのはお前だ。聖騎士アン・デューク」

アン・デュークは頷いた。己の罪を受け入れる覚悟で。

「ああそうだ。だからこそ言わせてもらう。夜の王を今すぐ解放しろ」

「それは出来ない」

しかし王も折れることはなかった。

「何故」

「もう、時は満ちすぎた。次の満月、あと数日で夜の王のミイラは完成するだろう。今更あの魔物を解放したところで、生き長らえるとは思えぬ」

「夜の王の魔力など、返してやればいいだろう!?」

「正気か」

灰髪の王はそこでまぶたを落として首を振った。

「そんなことをしてみろ。魔力を取り戻した魔王が、魔物達を従えこの国に攻め入って来るぞ」

「……夜の王も、あれはただの魔物ではない。話せばわかってくれるかも知れない……」

「何を甘いことを言っている。アン・デューク、そんな考え方で、お前はこの国を、そして民の全てを危険に晒すのか」

鋭い眼光で射抜かれながら、そう尋ねられて、次にまぶたを落とすのはアン・デュークの番だった。奥歯を噛むようにしながら、彼は言った。

「俺が守る」

両手のひらを机に落とし、うなだれるように、泣きそうな、けれどあまりに強い声で。

「全ての、民を。……この国を」

灰髪の王はその言葉を、出過ぎたものだと一蹴することはなかった。真っ直ぐに、アン・デュークを見下ろす。

かつて、この国の中でも名家であるマクバーレン家の末弟が聖剣を鞘から抜いた時、すぐ上の兄は直ぐさま国王へと直訴に来た。『我が弟は剣を持つには優しすぎる』と。そしてその後、当時のマクバーレン家当主であった長兄は全く反対の言葉を王に告げた。『我が弟は、剣を持つには厳しすぎる』と。

そのどちらもが、間違いではなかったのだろうと、国王は思っている。アン・デュークは、剣を取るには優しすぎ、剣を取るには厳しすぎた。

彼の剣は、命を消さずにはおれない剣だった。そうして彼は、自らの切り捨てた命に心を寄せてしまう人間だった。

それでも、彼がこうして聖騎士としてこの国の「象徴」となれたのは、その剣で守るべきものを見つけたからだった。愛する妻と、家族とも言える、この国を。

国王はそして、アン・デュークの肩に一度、その硬い手を置いた。

「……この国の王は、私だ」

たたみ掛けるように王は言い放つ。

「誤解があったことは認めよう。しかしそれも今となっては致し方がない。もともと、魔王討伐は古くから求められていたことだ。この国の魔力の象徴を確かなものとするために、強大な魔力で以て、この国に繁栄をもたらすために。全てはこの国のためだ」

アン・デュークはぎり、と歯を鳴らした。王の言葉が、わからないわけではなかった。

この男はいつも、何よりも先に国を重んじる。だからこその名君であり、現王あってこその今のこの国だった。

「……夜の王から奪い取った魔力で」

口を開いたのは、あてつけにも近かった。

「ディアの手足を治す、魔術を掛けるつもりか」

ずっとわかっていたことだ。けれどあえて言わずにいたことだった。もしも強大な魔力を手に入れたとして、まずこの王が望むことは。

「国の……ためだ」

この時ばかりは、国王もまた視線を逸らした。

「私はディア以外を世継ぎに据えるつもりはない。けれどあの身体では、私が死したあと、この国を守りきれるかどうか……私に出来ることならばなんでもしよう。全ての軍備を調え、農業を、商業を発展させよう。けれどもあの手足では……あの手足で、この玉座の重圧に、耐えきれるものか」

アン・デュークにはそれ以上、この不器用な王を責めることは出来なかった。

こうすることでしか、自分の息子を愛することが出来ないのだ。子を持たないアン・デュークにも、その気持ちは、痛いほどわかる。

「……ミミズクはどうなる」

それでも、言わずにはおれない。

「今でも、夜の王を求めて泣く、あの少女はどうなる」

夜の王を思い、あれだけ悲痛な叫びを上げる、彼女はどうなるのだ。

国王は一つ、ため息をついた。

「……アン・デュークよ。夜の王を解放し、そうしてミミズクと共にあの森に帰ったとしよう。ミミズクがまた、あの森に戻って行ったとしよう。……お前はそれが、幸せだと言うのか。本当にそう、言いきれるのか」

その言葉に、アン・デュークの顔が曇る。

「あの魔物に、小さな人間の少女一人を幸福にするそんな意志があると思うのか」

「けれど…………！　それでも……ッ」

未だ何かを言い募ろうとするアン・デュークに、国王は背を向けた。

執務室の窓から城下を望みながら、幾分語調を和らげて、言う。

「お前達が育ててやれ、アン・デューク。そうすれば、あの哀れな少女はもう暮らしに困ることもないであろう。幸福を与えてやれ、お前達の手で」

背を向けられたアン・デュークには、国王が一体どんな顔でその言葉を言っているのかわからなかった。

けれど今、一人の子の父である国王は言う。

「人には人の、幸せがあるだろう、アン・デュークよ」

「…………」

アン・デュークは唇を噛んだ。きつく目を閉じる。

ミミズクを幸福にしてやりたいと思った。出来ることなら、自分達の手で。無垢な瞳で、アン・デュークの目の前に名もなく生まれ直した少女だ。運命かも知れないと思った。自分達が愛し、慈しむために現れたのかと思った。

あの哀れな小さな少女に、もっともっと、生きる上での素晴らしさを教えてやれたらいいと思ったのだ。涙の意味さえ知らなかった少女を、救えたならばどんなにいいかと。

けれど誰がわかるだろう。

一人の人間の幸せを、どうして他人が限定出来るのだろう。

「……次の満月の夜の、魔術の儀にはお前も参列してもらうぞ、聖騎士アン・デューク」

厳しさを滲ませた声で、国王は言いきった。

「最後に魔王の心臓に剣を刺すのは、お前の役目だ」

その言葉に強く、強くアン・デュークは目をつむる。そうして同じように強く、拳を固めた。

「……御意」

血を吐くようにかすれた声で、そう答え。

もう振り返ることはないその背中に、一度だけ、アン・デュークは言葉を掛けた。

「親愛なる我が国王、ダンテスよ」

それは滅多に口にはされない、王の名前だった。

「出来ることなら俺は君と……友人でいたかった」

そうしてアン・デュークも背を向ける。

そして彼もまた二度と、振り返ることはなかった。

その日ミミズクの下に温かなスープを持って来たのは、いつもの侍女達ではなかった。

「ミミズク、気分はどう？」

それまでそうして来たように、背を向けてやり過ごそうとしていると、聞き慣れた優しい声がして、思わずミミズクは振り返る。

「……おりえった……」

盆を持って、微笑んでいたのはオリエッタだった。

「なんて顔をしているの？　また少し痩せてしまったのではなくて？」

「……」

ミミズクは俯いて答えなかった。天蓋のついた大きなベッドを挟んで、向かい合う。オリエッタは息をつくように微笑して、ベッド脇にスープ皿を載せた盆を置いた。

そうしてミミズクに背を向け、ベッドに腰を掛ける。ミミズクもゆっくりと、同じように背中合わせにベッドに腰掛けたのが、振動でわかった。

「ねえ、ミミズク」

出来うる限り優しく、出来うる限りいつも通りに、オリエッタは声を掛けた。

「あなた、わたくし達の娘になってくださる気はなくて？」

ミミズクはその言葉に数度まばたきをした。

「いえね、さすがにわたくしもまだ、あなたのように大きな娘がいる齢《よわい》でもないのですけれど」

くすくすと笑って、それから少し目を伏せて、ふわりとオリエッタは言った。

「わたくし、子供の出来ない身体ですの」

どきりとミミズクの胸が鳴った。

(痛い)

微かに思った。ちくりと、どこかが痛かった。

オリエッタは小さな子供に昔話でも聞かせてやるように、ゆっくりと自分の話をした。

「仕方がないんですわ、これぱっかりは。わたくし〈剣の処女〉ですもの。選ばれた勇者に聖剣と共に供物にされる——添え物の一つに過ぎませんもの」

ミミズクはその言葉を聞きながら、オリエッタのことを思った。

オリエッタの藍色がかった瞳は夜空に似ていて。懐かしいなとミミズクは思った。

フクロウの髪の色と、似ている。

オリエッタは歌うように続けた。

「生きるも死ぬも勇者の思いのまま。奴隷と何が変わりましょう!」

「奴隷」の一言にびくりとミミズクの身体が震えた。背中を冷たい汗がつたう。今になって。

そう思う。どうしてこれほど、今になって。

オリエッタはくすりと笑った。そんな気配がした。

「でも、アン・デュークは言ったのですわ。わたくしに。聖剣に選ばれ聖騎士になったことで得た富全てをわたくしに押しつけて」

その時何故か、ぱちぱちとミミズクの世界が瞬《まばた》いた。

ミミズクの目の前に広がる、いつかの情景。火の粉。二つの闇夜の月。

「『どこへなりと行くがいいよ。君はもう自由だ』って」

(『行け。獣を称する娘。お前にはもう、ここにいる理由がない』)

あの場所にいた。

「理由」はそもそも、なんだというの。

†

「君は自由だ」

「何故」

オリエッタはアン・デュークを見据えて言った。背筋をぴんと張るのが、精一杯の虚勢だった。

言葉を交わすのは二度目だった。馬車の事故から、たった数日後のこと。

アン・デュークはまだ若く、そしてオリエッタはまだ幼いと言っても過言ではないほどだった。

「わたくしはあなたのものです」

それでもそうして育てられて来た。孤児として生まれ、孤児院で育ち、魔術の才を見いだされてからは神殿に預けられ、聖剣を守る聖女となるため過酷な魔術の修行にも耐えた。それにより、子供をつくる機能は失ってしまった身体だけれど、仕方がないと思っていた。

けれどたいした関心もなさそうに、聖騎士になったばかりのアン・デュークは言った。

「じゃあ僕の目の届かないところに行きなよ。そうしたら僕はどうしようもない」

「どうして」

オリエッタは顔をくしゃりと歪ませた。

どんな顔をしていいのかわからなかったのだ。

「どうして、そんなことを言ってくれるの」

「君が僕に言ったんじゃないか。『なれるものなら自由になりたい』って。僕は君を自由にすることが出来たから、君を鳥籠から放したに過ぎない」

「あなたには何の利益もないのに」

アン・デュークは肩をすくめた。

「損もないよ。もともと騎士の家に生まれたぐうたら息子だ。――ああ、損といえば一つあったかな。君は手放すには惜しい美人っぷりだけど。……けれど、君みたいな人には笑っていて欲しいんだ。それにね」

そうしてアン・デュークはオリエッタの目をしっかりと見た。

「一人の女性に犠牲を強いるのなら、その時点で聖なる剣は聖剣失格だろう」

その言葉に、すとんとオリエッタの肩の力が抜けた。

（ああ、そうか）

聖剣は確かに、この男を「選んだ」のだ。

「どこへ行ってもいいの？」

「ああ、どこへなりと」

「そう。――じゃあ、あなたの家はどこ？」

「へ？」

アン・デュークは口を半開きにした。その情けない様子に、オリエッタは両手を腰に当て仁王立つ。

「あなたの家は、と聞いたのよ。わたくしいつも、料理や洗濯を自分でしたいものだと思っていたの。丁度いいからあなた、わたくしを雇ってくださいな」

「…………本気かい？」

「本気だわ。あなたのお屋敷にうかがって、居心地が悪くないようでしたら」

そうしてオリエッタは、にっこりと笑って言った。

「雇われてさしあげても、構いませんわ」

†

「オリエッタは……」

ぽつりと、ミミズクは口を開いた。

「オリエッタは、どうして、自由になったのに、どこへも行かなかったの？」

ミミズクの問いに、オリエッタは振り返り、小さく丸まったその背中に向けて言った。

「あら。だって」

笑って、言った。

「どこにも行かないのも、自由の選択肢の中の一つではなくて？」

その答えに、ミミズクは自分の両手で顔を覆った。ぽたぽたと涙が流れた。

オリエッタのことを考えた。

フクロウのことを考えた。

どこにも行かないのも、自由だと言ったその言葉を。

（フクロウ）

名前を呼ぶ。

（ねえ。フクロウ）

（どこかへ行けと言った、あなた）

（あの時、あなたの隣も選べたのかな）

（あなたの隣に行っても、よかったのかな）

違う、そうじゃない。誰かに何かを許されたことなんてなかった。あの日初めて選んだんじゃないか。闇のざわめく夜の森で。

（許してくれなくても、傍にいるわ。ねぇ、あたしを食べてよ夜の王様）

泣くことを知った。教えてもらった。思い出した。

「…………うっ……っく………」

それなのに、泣けば泣くほど、何故か胸が詰まった。

喉が焼けたようで、ひどく詰まって息が出来ないでいると、ふわりといい匂いがして。背後から、そっと、オリエッタの腕に抱かれていた。やわらかく頭をなでられ、そうしてオリエッタもまた、涙を流しているとわかった。

振り払おうとミミズクは思った。振り払ってしまいたいと。振り払わなくてはならないと。けれど、震える声で、オリエッタは言った。

「……よく……」

抱きしめてくれる腕が、温かかった。

「よく、ここまで……ここまで、生きて来たね……」

ミミズクはその言葉に、堰を切ったように泣いた。本当は、本当はそれほどつらくなかったのだと、泣きながら言った。本当にそれほど、つらいと思ったことなどなかったのだ。

生きて行くのに精一杯で、つらいなんて思ったことはなかったと。そうして夜の森に来てからは、本当に、毎日が楽しかったのだと。

「あのね、あのねオリエッタ」

「……うん」

「教えて欲しいの」

「なあに？」

背中をさすりながら、オリエッタが尋ねた。

「綺麗なお洋服や美味しいものをもらって、優しくしてもらった時、なんて言えばよかったっけ」

ミミズクの問いに、オリエッタは笑って、言った。

「そういう時はね――ありがとう、って言えばいいの」

「ありが、とう」

そうだ、そんな言葉があった。ミミズクはオリエッタの手を摑んで、言った。

「ありがとう、ありがとう、ありがとうありがとうオリエッタ」

言いながら、涙が出た。言わなくちゃ、とミミズクは思った。言わなくちゃ。

(ありがとうありがとうありがとうありがとうありがとう)

溢れる思い。溢れる言葉。

「ミミズク……？」

「……っ……っ!! ありが、と、う、…………クロ、ちゃ、ふくろ、う……ありがとう……！」

そうしてミミズクは崩れるようにして、無我夢中に慟哭《どうこく》した。

「ありがとう、ありがとう……!!」

嬉しかった。

嬉しかったの。

あなたは何もしてくれなかったけれど。

あたしの話を聞いてくれた。

冷たい目で、お月様みたいに綺麗な目で、ミミズクのことを見てくれた。

あなたのその目にあたしがいたことで。

初めて自分が、生きていることを知ったのです。

ありがとう。

「会いたい、よぉおおお……！」

会ってあなたに、伝えなくてはいけない言葉がある。

オリエッタは何かを決めた目で、そっとミミズクを抱く腕に力を、込めた。

第八章　救出Ⅱ

その夜クローディアスが眠りにつく寸前、微睡みの中で物音を聞いた。

「誰だ」

まぶたを持ち上げ、暗闇の中でクローディアスは静かに誰何した。取り乱してはいけない。取り乱したところで、自分には出来ることは何もない。

「ここが王子の寝室と知っての狼藉《ろうぜき》か。ぼくの寝台の中に一歩でも踏み入れば、国一番の魔術師の呪いが掛かるぞ」

しかし、ここまで来て命を捨てる覚悟があれば、王子に手を掛けることは容易だった。クローディアスは心臓が静かに早鐘を打つ中で、ただ闇に目をこらした。

人影は小さかった。

「こんな夜遅くに、ごめんね、ディア」

そうして聞こえた声は、微かで鈴を転がすようで。

「……ミィ？　ミィなのか？」

瞠目して尋ねると、頷く気配がした。

「ん。ごめんね、今昼間、ミミズクちょっと見張られててね。夜遅くないと来れなかったよ」

「見張られてるのか……？」

「みたい。でも、どこ行くのも駄目とは言われてないし、うん。ここの人も通してくれたよ」

「そうか……」

クローディアスは複雑な心境で、その声に答えた。様々な人間の色々な言葉が心の中を駆けめぐった。

「ミミズク……ぼくは、お前を待っていた」

「うん。ありがとう」

ミミズクは頷いたようだった。ほんの少し、微笑んだようだった。

「アンディやオリエッタがこの部屋を訪れて、お前のことを教えてくれたよ。もう、来てくれないかと思っていた」

「どうして？」

夜の闇と天蓋の布に隠れてミミズクの顔は見えず、だから記憶を取り戻す前と後と、どれくらいミミズクが変わってしまったのか、クローディアスにはわからなかった。

クローディアスは暗闇の中目を閉じた。こう暗くては、開いていても閉じていても、世界は同じ色だった。

「……今日、国王がおいでになった。明日、夜の王を滅する最後の儀が行われると、その儀にぼくも出るのだと、国王はぼくにおっしゃった。……次の王として、参列せよと」

それが一体どういう意味か、クローディアスにはわかった。

その前日には、アン・デュークが来ていたのだ。わからないわけがなかった。アン・デュークはミミズクのことを話してくれた。彼女の持つ、額の刻印の意味を。彼女の手足の痣《あざ》の理由を。

そうしてアン・デュークはクローディアスに告げた。

『君は二日後の儀式に呼ばれるだろう、クローディアス。そこで僕の行為を目に焼き付けることだろう。けど……出来ることなら、ミミズクにはこの話は、言わないでやってくれな』

そう言ったアン・デュークは泣きそうな笑みを浮かべていた。

『まぁ、どうせそのうち知られて、嫌われてしまうんだろうけどね。それは……仕方がないさ』

そんな顔をしてまでどうしてやるの、と聞いた。

アン・デュークは微笑んだだけだった。言いかけた言葉を呑み込んだ笑みだった。

『ディア、君の手足は、動くようになるかも知れない』

ぼくなんかどうでもいいじゃないか。

そうクローディアスが言うと、アン・デュークはクローディアスの頭をなでて言った。

『ぼくなんか、なんて言い方、するもんじゃあないさ。国王は君に自由な手足を与えることで、もっとディアに、自分に自信を持って欲しいんだから』

自分に自信を持つ。

動く手足が自信を与えてくれるのだろうか。手足さえ動けば、自分は王に、なれるのだろうか。

「ねぇ。あのね、クローディアス」

おずおずと、ミミズクの声がした。その声を聞き逃すまいと、クローディアスは耳を澄ませた。

ミミズクは暗がりのシルエットで、それでも身体を小さくして、言った。

「あのね……」

自由な四肢が手に入る、そう思った時、けれど頭に浮かんだのは、ミミズクのことだった。

ミィは、泣くのかな。そう思った。

そうしてミミズクはおずおずと、囁きのような声を漏らした。

「助けて、って言ったら、どうする？」

その言葉に、なんだお前は今更そんなことを聞くのかと、思わずクローディアスは笑ってしまった。

答えなんて、とっくの昔にわかりきっているだろうに。

三色の鐘の音が絶妙な音階をつくり上げた。アン・デュークはその鐘の音を聞きながら、まるで亡き王妃の葬儀のようだとそんなことを思う。

あの頃、未だアン・デュークは聖騎士ではなく、延々と続く黒衣の行列を、自分の屋敷の庭の木に登ってぼんやり眺めていたものだった。

アン・デュークは顔を上げ、正面からまるで自ら玉座を創り上げるかのように羽を広げたフクロウに臨んだ。

捕らえたあの頃から、ゆうに二月が経っていた。あれから、どんな食事も水も与えられず、ただ干物のように吊《つる》され、魔力を搾り取られていた魔物の王。

しかし……その姿は、まぶたを下ろしたその姿は、やつれ、痩せ細っても未だ、未だ寒気がするほど美しかった。

鬼気迫るこの美しさの前で、自分は聖剣を振るえるだろうか。

「巫女よ、聖剣を、ここに……！」

国王ダンテスが、低い声を上げた。無駄のない動作で、アン・デュークの隣にオリエッタが跪く。彼女は瞳を伏せて、そうして自分の夫に聖剣を捧げた。

来てくれるとは思わなかった。

アン・デュークの、それが正直な気持ちだった。この最後の魔王討伐の儀式に、アン・デュークが剣を振るうと聞いてから、オリエッタは一度もアン・デュークと口をきいてくれなかったのだった。

しかしオリエッタも最後には否とは言わなかった。

「……いいのかい？」

剣を手に取るその瞬間、そっとアン・デュークは囁いた。

オリエッタは目を伏せたまま、呟いた。

「わたくしは、剣と共に生きる者ですから」

その答えにアン・デュークもまた、痛みを堪える表情をした。出来ることなら、生涯、そんな言葉を言わせたくは、なかった。

剣の柄を握る。そうして一度で引き抜いた。

満月の光を映し出す魔力の照明が二つ、その光を反射して、聖剣が鈍く照る。そして何より輝いていたのは、魔術師達が囲む大きな水晶。人の頭よりもまだ一回り大きいそれは、中に青く燃える炎を揺らめかせていた。

最早、夜の王に残された魔力はない。

それでもこの威圧感は、ただ王であるというその冠のせいなのだろうか。

「我が王子をここへ……！」

ダンテスの号令で、数名の男達に抱え上げられ、身体よりも数段大きな御輿《みこし》に乗せられたクローディアスの姿が現れた。この地下まで、天蓋を掛けられ椅子ごと運ばれて来た少年王子は、唇をきゅっと横に引いて、まず国王を見、そしてフクロウを見た。

魔術師達が進み出る。これから魔王の魔力を使い、この国史上最大とも言われる魔術が行われようとしていた。

目的はクローディアスの手足の蘇生《そせい》。その指先まで、自在に動かせるようになるまで。

魔術師達が杖を構えようとした、その時だった。

「待ってください」

静かな息遣いだけがただ潜む、その空間を割ったのは、クローディアスの高い声だった。アン・デュークも思わずクローディアスを見返す。

「国王様」

クローディアスははっきりと、灰髪の王に視線を合わせて、言った。

「クローディアスは、魔王の姿を、この目ではっきりと見たく思います」

「……何」

ダンテスが低く唸った。

しかしクローディアスは臆さず、椅子に埋もれたまま、また声を張り上げた。

「聖騎士アン・デュークの聖剣が突き立てられる前に、この王国の魔力の象徴となるその存在を、この目に焼き付けさせていただきたく願います……！」

灰髪の王は、幼い自分の息子をじっと睨み付けた。しかしクローディアスは視線を逸らすことはしなかった。こんな顔が出来る子であっただろうかと、一瞬そんな思いがダンテスの頭をかすめる。いつも、おどおどと自分を見上げていた息子ではないような気がした。

「……よかろう」

国王は頷いた。

「クローディアスを、前へ……！」

王子の御輿が前へ進み出た。直線上、赤い絨毯の上に、静かに置かれる。そうしてじっと、それでもまだ距離があるフクロウの姿を見た。透明な糸で吊り下げられたその翼と、その身体。そしてそれでも、威厳を失わないその、姿。

その姿を、目に焼き付けようとするかのようだった。

これでいいだろう、とダンテスがまた下がらせようとした、その瞬間だった。

「ミミズク、今だ……！」

その場にいた誰もが、耳を疑った。そうしてただ目を見開いて呆気《あっけ》にとられた、その瞬間だった。クローディアスの御輿の下部の布が突然裂け。

そうして、躍り出して来た影があった。

「ミミズクッ!!」

アン・デュークが叫ぶ。まるで出会ったばかりの、あの骨と皮だけの頃のような、そんな薄い上着一枚を着たミミズクが、弾丸のように飛び出して、走り出した。

「止めろ！　その娘を止めろ!!」

ダンテスが大砲のように声を発する。はっと魔術師達が術の構えに入った。しかし、もともとクローディアスの手足を再生させる術を組んでいた魔術師達だ。次の術に掛かるまで、いっときの間があった。

誰よりも先に、走り出そうとしたのはアン・デュークだった。

しかし、その腕をきつく掴まれた。

「ッ！」

隣を見る。そこにいたのは、強い目をした、己の妻の姿だった。

「行かせてあげて、アンディ」

「行ってどうなる！」

アン・デュークが声を上げた。あんな風になってしまった夜の王の下に、ミミズク一人駆け寄らせて、どうなるのだと。

「どうなるのか、それを、見極めるのよ」

オリエッタの言葉は強かった。そうして手首を掴む、その指先も。抗《あらが》い難いほどに。

アン・デュークは焦燥に駆られ、ミミズクを見た。

ミミズクは走った。ただ一心に、赤い絨毯を走った。フクロウの下へ、ただその、翼を広げた美しい夜の王の下へ。

「フクロウ!!」

ただ一心に、その名を呼んだ。

胸に美しい銀の柄を持つ、小剣一つ、握りしめて。


巫女の正装をして現れたオリエッタは、ミミズクの姿を見て入り口に立ちつくした。そこに立っていたミミズクの、服を破り捨て、白い薄着一枚になった、その姿を。

「ミミズク……」

「オリエッタ、ごめんなさい」

ミミズクはそう言った。

「あたし、やっぱり行かなきゃ」

「…………行ってしまうのね、ミミズク」

オリエッタは泣きそうにほんの少し微笑んで、そう言った。その表情に、ミミズクもまた泣き出しそうになった。

「あのね」

じわりと涙が浮かんだ。言葉が続かなかった。その身体を、オリエッタは優しく抱いてくれた。

「……娘がいたら、こんな風だったかも知れないわね」

自分の子を生《な》すことはもう諦めていた。かつてはそのことを、アン・デュークに泣いて詫《わ》びた。彼が彼女を愛し、彼女が彼を愛したからこそ、泣いて謝らずにはいられなかった。アン・デュークがオリエッタを責めることはない。それがわかっていたから、なおさら。

孤児院から子供を引き取るようなことをしなかったのは、この国を我が子と思うためだった。

「ごめんなさい、オリエッタ」

「あなたが謝ることではないわ」

その背に腕を回して強く力を込めて、そうしてミミズクは言った。

「あのね、あたし、あたしね。綺麗な着物が嬉しかったの。お料理はみんな美味しかった。お布団ふかふかで、幸せだったの」

嘘じゃない、それは、決して嘘じゃない。

「……そう」

オリエッタの相づちは、慈愛に満ちた聖母のようで。

ああ、お母さんみたいだなと、ミミズクは思った。

知らないけど、わからないけれど、でも、きっとこんな風でしょう？　お母さんって、こんな風なんでしょう？

それでも。

「でも、それでも……帰りたいんだ」

帰る場所が、あるんだ。

「フクロウのいた森に、帰りたいんだ。……あたし、馬鹿かな」

ごめんなさい、ごめんなさい。こんなにも、あなたは優しくしてくれたのに。

みんな、優しくしてくれたのに。

オリエッタはその言葉に、ミミズクの頭を優しくなでて、耳元にそっと、ほんの少しいたずらげに笑って、言った。

「女の子はね……恋をすると、みんな馬鹿になるのよ」

その言葉にミミズクはまばたきをした。

「オリエッタも……馬鹿になった？」

涙を拭いて尋ねると、オリエッタはミミズクを覗き込んでくすり、と笑みを漏らした。

「そうでなかったら、あんなろくでなしの妻になんて、なるもんですか」

その言葉に、思わずミミズクも笑ってしまった。

「……これを」

そうしてオリエッタは、ミミズクの手に一本の小剣を握らせた。簡素で美しいそれは、一目で高価なものだとミミズクにもわかった。

「オリエッタ、これは？」

自分の手に置かれた冷たい重みに、びくりとミミズクは肩を震わせて尋ねた。

オリエッタは優しく笑う。

「持って行きなさい。あなたに貸してあげる。わたくしが聖剣の乙女になった時、与えられたものよ。代々神殿に伝わるもので、こんな形だけれど、あの聖剣と刃を分けた小剣だわ。夜の王を捕らえるあの糸を断ち切ることは……きっとこれにしか出来ない」

「いいの？」

様々な気持ちを込めて、ミミズクはいいのかとオリエッタに問うた。

だってオリエッタはアン・デュークの妻じゃないか。この国の、巫女じゃないか。

それでもオリエッタは、優しく笑って言った。

「行って来なさい、わたくしの……愛しいミミズク」


そうしてミミズクは剣を取った。

架空の痛みが身体を引き裂き、もよおす吐き気。

けれど、その手を離さない。

(あたしは、戦う)

今まで誰かに言われるままだった。指図されるままに生きて来た。自分で何かを得ようなんて、そんなこと。

(あなたと出会って、初めて知った)

あなたと出会うことが。

ミミズクの人生の中、初めて自分で選んだことだったから。

(あなたを取り戻す、そのために、戦う)

今なら神に願ってもいいと、初めてミミズクはそう思った。


「フクロウ!!」

ミミズクは絹のような、まとわりつくその糸を、小剣で叩き切った。

「フクロウ、フクロウ、目を開けて……!!」

泣きながらその名前を呼んだ。呼び掛けるフクロウは、美しい死に顔のようで、ただミミズクの背筋は凍った。その美しさ故ではなく、失ってしまうかも知れないという恐怖に怯えた。

そう、もう、たくさんのことがミミズクは怖くて仕方がなかった。

そうして名を呼ばれたフクロウは、うっすらと、本当にうっすらと、そのまぶたを持ち上げる。薄い月光が、静かにその双眸《そうぼう》から漏れた。

「フクロウ！」

身の自由を手に入れたフクロウはまず、その手でミミズクの手首を掴んだ。

小剣を握る、細く色素の沈着した手首を。

「った！」

その生気を失った細い細い指の、けれど驚くほどの強さに、ミミズクは小剣を取り落とした。

「ミミズクッ!!」

焦った声でアン・デュークがその名を呼ぶ。

オリエッタも息を呑んだ。

鈍い音を立て、小剣が落ちる。

けれど、フクロウはミミズクを覗き込むようにして、言った。

「ナイフは嫌だと……言ってはいなかったか」

何も変わらない、出会った頃から何一つ変わらない、フクロウの声だった。

その言葉に、ミミズクは笑った。

これまで一度も浮かべたことのない、力強い笑みだった。その瞳から落ちる一粒の涙は知らないふりで、言い放つ。

「たいしたことじゃあないわ」

ミミズクはそうして、フクロウの首元に飛びつく。

きつく抱いた。その華奢《きゃしゃ》な細腕が、まるで彼の者を抱くために生まれて来た、とでもいうように。

そうしてフクロウは少しばかりその目を細めて。

ミミズクの身体を強く、強く抱き返した。

あの月夜の邂逅から、ずいぶんの時が経って。やっと二人は、互いを互いの腕の中におさめたのだった。

「アンディ!!」

額に血管を浮かばせ、ダンテスは聖騎士の名を呼んだ。

「聖騎士アン・デューク！　魔王を切れ！　王の命である……!!」

魔術師達も、また新しい術の構築に掛かる。それよりも先に、フクロウの心臓に聖剣を突き立てよと、ダンテスは声を張り上げた。

「構わぬ、ミミズクごと叩き切れ……!!」

強いその語調に、アン・デュークは手首を掴んでいた妻の手を振り払った。

オリエッタの悲鳴にも似た呼び声がして。

けれどアン・デュークは振り返らず、高く高く、聖剣をかかげた。

ミミズクは強く目を閉じる。

このまま死んでも構わない。

かつて同じ言葉を何度も思った、それとは正反対の心で、それでもそう思った。

「アンディ！」

名を呼んだのは、クローディアス。そしてその剣は振り下ろされ。

一際大きく、まるでガラスの割れるような、音が響いた。

「!!」

突然巻き起こった旋風のような気配の揺らぎに、そこにいた誰もが一瞬、平衡感覚を失った。

「アン・デューク、何を……!!」

滝の流れるような音がして、空気がざわめいた。

天地を見失うほどのそのるつぼは、しかしやがて集束して行く。全てが終わった時その場に立っていたのは、アン・デュークとフクロウ、そして抱きかかえられたミミズクだけだった。

アン・デュークが刃を立てたのは、フクロウの心臓ではなく。

フクロウの翼が、大きく数度、深呼吸でもするかのように、揺らいだ。失われていた魔力が戻る、その瞬間だった。

彼が叩《たた》き割《わ》ったのは、フクロウの魔力が詰まった、青く燃える水晶だった。

「アンディ、貴様……！」

傍に控えた魔術師達に支えられ、体勢を立て直したダンテスは、怒りに満ちた声でその名を呼んだ。

けれどアン・デュークはいつものように飄々《ひょうひょう》と肩をすくめて、あっけらかんと言ってのける。

「ごめんよ国王、だって僕、奥方に逃げられちゃったら困ってしまうんだよ」

まるで数十年来の旧友に答えるような、そんな口調だった。

「フクロウ、フクロウ、大丈夫?」

ミミズクは突然起こったその変化について行けず、ただフクロウを覗き込んで心配げに言葉を発した。

フクロウはその言葉を意には介さず、ただ視線をミミズクの三白眼の気のある目と合わせて、低い声で尋ねた。

「何故、来た」

その言葉に、ミミズクは眉根を寄せた。ほんの少し、泣き笑いのような表情だった。

「どうして来ないと思うの」

「お前は幸福を手に入れたはずだ」

「手に入れたわ。温かいごはんも、綺麗なお洋服も、柔らかなタオルも、ふかふかのベッドも。でも」

ミミズクはその、二つの月と向かい合って、言った。

「でも、あなたがいない」

フクロウは、その月の瞳を細める。

「お前は、限りなく愚かだ」

「わからないわ」

ぽろぽろと涙が落ちた。

「今更そんな、難しいこと言わないで。なんでもいいよ。ねえ、帰ろう？　あの森に、帰ろうよ……！」

「――――……」

フクロウの長い爪を持つ指先が、ミミズクの頬をつたう涙をぬぐう。

「お前は、泣かないものだと思っていた」

「泣き方を覚えたの」

そうして、涙ながらに、頬を持ち上げた。

「笑い方も覚えたわ。こんなにも人間らしくなってしまった、あたしは嫌？」

「いや……」

そうしてフクロウはミミズクの髪をその指で梳《す》いた。

額の刻印がよく見えるように。

「お前は、ミミズクだ。そして私は――……フクロウだ」

それが答えだった。

フクロウの翼が、大きく羽ばたいた。魔力と風が、地下に満ち、巻き上がる。小さな少女を抱いた夜の王に、けれど灰髪の王は臆さず声を上げる。

「何をしている、魔術師達よ、リーベル！　早く、早く、早くしないか……!!」

しかし魔術師達は、それ以上の魔術を紡げずにいた。

満月の今、魔力の満ちるこの時に、間近に臨む魔物の王は、その名にふさわしく威厳と力に満ち、その魔力を感じられるが故に、魔術師達の震えは止まらなかった。

「何をしている！　早く、魔王を……!!」

「やめてください!!」

彼らをなおも奮い立たせようとするダンテスに、声を上げたのはクローディアスだった。

「やめてください、父上。もうやめてください……！」

フクロウの片腕に抱かれ、ミミズクはクローディアスを見た。

助けて、と言ったミミズクに、微笑んでくれた彼を見た。

『ミィの言うとおりにするよ』

そう言って笑った、クローディアスを見た。

クローディアスは顔を泣きそうに歪めて、それでも「父上」と言葉を重ねた。

「もう、もういいでしょう、父上……！　ぼくのことなら大丈夫だから、もう、もうやめてください！」

「クローディアス………」

呆然と、ダンテスはクローディアスを見た。

「クローディアス……お前は、何を考えて……」

「だって、ミィは友達なんだ！」

クローディアスの頬に、涙が落ちた。王妃を亡くし、ダンテスがクローディアスと離れて住み始めてから、初めて見る彼の涙だった。

「ミミズクは友達なんだ！　友達を泣かせてまで、自由な手足なんか欲しくない！」

「ディア……」

フクロウの腕の中、ミミズクがその名前を呼んだ。

しかしクローディアスは、ダンテスに向かい叫ぶ。

「こんな身体のぼくは王になれないと言うのなら、別の後継者を探して、それでもぼくは構わない！　けど、ねぇけど父上、どうかぼくに、どうかぼくに、こんな身体のぼくだけど、それでも、それでもあなたの息子です、父上……!!」

泣きながら、クローディアスは泣きながら、それでも父を呼んだ。アン・デュークとオリエッタは立ちつくし、その光景を目に焼き付けた。

「クローディアス……」

迷うように、ダンテスがその名を呼ぶ。

「ディア！」

フクロウの腕の中から、ミミズクがクローディアスの名を呼んだ。

「ディア、ねぇディア……！」

涙を落として、クローディアスはミミズクを見た。そうしてミミズクを抱く、フクロウを見た。

「ディア、ごめんね、ごめんね」

無理を言ったとわかっていた。ひどい頼みをしたと、わかっていた。

それでも聞いてくれて、嬉しかった。

「ごめんね。ありがとう……！」

「いいんだ、ミィ」

クローディアスは、涙も拭かず、そうして笑った。

「ぼくは、お前にたくさんのものをもらったから。教えてくれたから。もう、いいんだよ」

優しい微笑みだった。

今は亡き王妃によく似た微笑みだった。

そしてその時、突然低い声がした。

「……小さき王子よ」

誰の声か。一瞬の戸惑いのあと、クローディアスは息を呑み、そうして声の主を見上げた。

「夜の……王………」

ミミズクを抱いたフクロウが、その金の瞳でクローディアスを見ていた。

「飾りの四肢を持つ人の王子よ。お前はその身体で、まだ、玉座に座るというのか」

フクロウの言葉に、ミミズクが驚いて彼を見上げた。クローディアスは唇を引き締め、そうして頷いた。

「父上が許してくれるなら……いや、ぼくに、それだけの器があるなら。この四肢でも、ぼくはこの国の、王になる」

毅然《きぜん》としたその答えに、フクロウは両の翼を数度小さく羽ばたかせ、そうしてクローディアスの下に降り立った。

「魔王よ、何をする！」

国王が魔術師達を振り切って身を乗り出した。

「触るな、私の息子に、何をする……!!」

アン・デュークもすぐ傍で、小さく剣を構える。その中で、ミミズクを一度下ろしたフクロウは、その長い指先の爪で、クローディアスの両腕を、そして両足を、静かになぞった。

「！」

クローディアスが息を呑む。その両腕に、その両足に、不思議な紋様が駆けめぐり、そうして淡く、光り輝いた。

その光がおさまる頃、クローディアスの身体に異変が、起きた。

ゆるゆると、本当に弱々しく、震えながら。

それでも、クローディアスが、その右腕をゆっくりと、上げたのだ。

「あ……」

ダンテスもまた立ちつくし、目を見開いた。アン・デュークもまた呆然とし、オリエッタは涙を浮かべて口元を覆った。

魔術師達は、あまりのことに言葉が出ない。

そうしてゆるゆると、生まれたての子鹿が立ち上がるように時間を掛けて、クローディアスは、その両の足で、椅子から降り、立った。

「よ、夜の王、こ、これは……！」

立ち上がってフクロウを見上げて、呆然とクローディアスは尋ねた。

あれほど恐ろしいと思っていた夜の王に、けれど今は恐怖を覚えることはなかった。

「呪われし王子と、蔑まれるかも知れないな」

低い単調な声で、フクロウは言った。

「その両手両足を、魔王の呪いと蔑まれてもいいのなら、その手足で……生きて行くがいい、人の王子よ」

何度もクローディアスは、自分の両手を握って、そうして開いた。

夢にまで見た、動く四肢。

鮮やかな紋様は、確かに一瞬、見る者の度肝を抜くかも知れないけれど。

「ディア！」

ミミズクがきらきらした目で、クローディアスに両腕を伸ばして、そうして抱きついて言った。

「ディアの両手と両足、綺麗！」

にっこり笑ってミミズクが言うから。

「綺麗ね、お揃いよ！」

そう、言うから。

「……ありがとう、ミミズク」

クローディアスも、心から、笑んで。自由になった両腕で、ミミズクを一度だけ、抱きしめた。

「夜の王も……ありがとう」

クローディアスの礼をしかし、フクロウは聞いてはいないようだった。

興味をなくしたようにふいと顔をそむけ、そうしてまた、空中へとのぼる。ああ、そして自らの森へ帰るのだと、誰もが気づいた。

「あ！　あー！　フクロウ！」

慌ててミミズクは、フクロウを掴もうとするかのように両手を伸ばした。

「ミミズクも！　ミミズクも一緒に帰るよ！」

「…………」

沈黙したまま、フクロウは睨み付けるようにミミズクを見下ろす。

「どうせ帰るんだったら一緒に連れて行ってよ！　置いて行っても駄目だよ、そうしたら自分で行くんだから！　ここからじゃ、森はとっても近いんだからね、逃げても無駄よ！」

腰に手を当てて、そんなことをミミズクが宣言するので。

「…………」

フクロウは一つ小さなため息をついて、そうしてふわりと、ミミズクをまたその腕に抱き上げた。

きゃー！　とミミズクが幸せそうに声を上げる。

「ミミズク！」

そうしてそんなミミズクに、声を掛けたのはアン・デュークだった。

「あ……アンディ、オリエッタ……！」

荷物のようにフクロウの片腕に抱えられながら身を乗り出した。

「あの、あのね、あのね……！」

言わなければならないことが、たくさんある気がした。ありがとう、ごめんなさい。ありがとう。

そんな言葉で足りるのだろうかとミミズクは思う。

どうしてだろう、こんなにも、言葉は教えてもらったのに。

言葉は、覚えれば覚えるほど、足りないような気がするのだった。

「あのね、あのね……！」

じわりと涙が滲んだ。どうしてだろう。哀しいのか、申し訳ないのか、ミミズクにはわからなかった。

オリエッタがそんなミミズクを見て、そっと微笑んだ。

「……また、いつでもいらっしゃい」

その目に浮かんだ涙を気にも留めずに、なんでもないことのように、オリエッタはそう告げた。

「待っているわ」

いつものように、優しく微笑んで。

その隣では、アン・デュークが笑った。

「森での生活が嫌になったらすぐに来いよ！　また一緒に市場で遊ぼうな」

その言葉に、くしゃりとミミズクは顔を歪ませて、そうしてこくこくと頷いた。

温かな暮らしと、優しい人々がいた。それでもやはり、一つを選べと、言われたら。

ミミズクはもう、迷わないのだった。

「………夜の王よ」

次に口を開いたのは、いつの間にかクローディアスの背後に立っていた、ダンテスだった。

灰髪の王はいつものように眉間に皺を寄せ、厳しい顔をして、それでもその低い声でゆっくりと言った。

「……許せとは言わぬ。夜の王よ。それでも」

そこで一つ、ダンテスは息をつき。

そうして告げた。

「……心から、感謝する」

クローディアスが自分の父親を見上げ、吐息を漏らした。

「父上……」

フクロウはその答えにも、さして興味はないようだった。羽ばたきを大きくし、そうして闇に消えようとしたフクロウは、その直前にダンテスに向き合った。

「……お前が国を選ぶ王ならば。その手で、素晴らしい国を、築いてみろ」

その時、ミミズクは唐突に気づいた。

（ああ、そうだ。フクロウも）

フクロウも、もしかしたら、人の王に、なっていたかも知れないのだ。

そう思って、ミミズクはなんだか言葉にならない気持ちを覚えて、そうしてぎゅっとフクロウの首元に張り付いた。

ああ、言葉で伝わらない時は、こうすればいいんだ。

オリエッタがやってくれたように。ミミズクは初めて、自分の四肢の使い方がわかった気がした。

突然まとわりついて来たミミズクに、フクロウはひどく面倒そうな顔をして、それからけれど、小さく息をついて静かに、ミミズクの頭をなでるような仕草をした。

そんな仕草を見て、アン・デュークとオリエッタは顔を見合わせて小さく笑い合った。

そうしてミミズクとフクロウは闇の中に溶けるように消えて行く。

一陣の風がふわりと吹いて、次の瞬間には、羽一つ残さず消えていた。

王城はそうしてまるで一つの大きな嵐が去って行ったようだった。

「行っちゃった……」

アン・デュークが息をつく。「そうね」とオリエッタが微笑んで、そっとアン・デュークに剣の鞘を差し出した。

美しい動作で、アン・デュークは聖剣を鞘に収め、オリエッタに預ける。

「さて、こうなったらもう、後始末が大変だねぇ」

「全くだ」

簡単に言ったアン・デュークに、低い声で同調したのはダンテスで、いつものように不機嫌な顔のまま、灰髪の王は言う。

「責任を取って、お前にはきりきり働いてもらうぞ、アンディ」

「ええ!? ちょっと待ってよ! 国王それってなんの責任!? 僕!?」

「当たり前だ。たまには働け、出不精め」

それはないよ、とアン・デュークは肩を落として、隣ではくすくすとオリエッタが笑った。

「……国王……」

おずおずと、クローディアスがダンテスを見上げて言った。

「あの……」

罰せられるべき、王に背いたのはまず自分であろうと、クローディアスにはわかっていた。

「ディア」

「は、はい！」

名前を呼ばれて、クローディアスは肩を揺らして返事をした。自分の父の、灰色の瞳がこちらを見ていた。厳しい顔と、厳しい眼光だった。けれどクローディアスは、目を逸らすような真似はしなかった。いつものように、これまでのように、俯くような仕草はしなかった。唇をきゅっと結んで、ダンテスの、自分の父の顔を正面から見た。

罰も報いも甘んじて受けるつもりだった。それでも、後悔はなかった。父に嫌われたとも思わなかった。自分は為《な》すべきことを為しただけだと思った。自分のために、そして、この国のために。

ダンテスはクローディアスを見下ろし、何かを言いかけたように口を開き、けれどまた閉じ目を細めた。

そして一歩歩みを進め、クローディアスの身体を強く抱きしめた。

突然のことに、クローディアスのエメラルドの瞳が大きく見開かれる。

「国……王……？」

ダンテスは何も言わなかった。ただ、自らの息子を強く抱き、きつく目を閉じて、ほんの微かに、肩を震わせた。

痛みを感じるほどの強い抱擁だった。優しい抱擁の仕方も知らない、不器用な親子だった。

けれどクローディアスはそのまま目を閉じる。

自分はずっと、こうされたかったのだ。

抱擁は一瞬だった。次に身体を離した時にはダンテスの表情は厳しい王のそれになっていた。そして、クローディアスを見下ろし、低い、荘厳な声で告げた。

「……お前には、これから多くのことを教える。王になる気概があるのなら、血を吐いてでもついて来い」

その言葉に、クローディアスは目を輝かせた。

「……はい、父上!!」

それは後に異形の四肢持つ偉大な封王と呼ばれる、レッドアークの小さな王子だった。

エピローグ　―ミミズクとフクロウ―

まるで初めてミミズクが訪れた時のように、森の闇が騒々と薙いでいた。

しばらくぶりに夜の森の大地を踏んだミミズクは、少しおかしいなと思った。何がおかしいのかはすぐにわかった。踏みしめる大地の感触だ。自分は靴を履いていたのだ。

何が当たり前で何が当たり前でないのか、ミミズクには少し、わからなくなっていたけれど。

「これ、靴、どうしよっか。履かない方がいっかな。必要ないかな」

そんな独り言を大きく呟く。

自分にとっての当たり前は、自分で決めていけばいいのだと、そう思った。

「懐かしーい！」

綺麗な緑の空気を吸って、ミミズクは大きく伸びをした。もうそうしても、腕も足も、音を立てることはない。

かつてあれらが、確かに嫌いではなかったけれど。嫌いではないと、思って生きて来たけれど。

「帰って来た！　って、感じするね」

振り返って、ミミズクはフクロウにそう言った。そういえば、絵が焼けてしまったねとか、ごめんなさいとかありがとうとか、なんで記憶なんて消したの馬鹿とか、色んな言葉を言わなくてはいけないと思っていたけれど、今日の夜はたくさんのことがありすぎたから、また明日でも、眠ってからでもいいかなとミミズクは思った。

また明日。

明日があるって、幸せだな。

そう思った。

「……お前の故郷は、ここではないだろう」

フクロウがまず言ったことは、そんなことだった。ミミズクはその言葉にちょっと首を傾げて、それから微笑んで言う。

「うん、そうだけど。帰りたかったのは、ここだよ？」

そうしてフクロウに歩み寄って下から覗き込む。瞳が徐々に銀に変わって行く。空も白んで来て、ああ夜明けだなあとミミズクは思った。

「もしもフクロウがね、アンディ達のお国で暮らすーって言うんだったら、そこ帰るとこにしたいけど、そんなの言わないでしょう？　フクロウは」

「…………」

「ミミズクが選ぶのはねぇ、フクロウのいるところよ！　ずっと、ずっと一緒よ！」

明るく言うミミズクに、

「……わかっているのか」

「うん？　何を？」

フクロウは小さく息をつき、言う。

「己の言葉の意味が。わかっているのか。たとえどんなにお前が長く生きたとしても
……お前は、私を残し、死んで行くのだ」

「うん、そうだね」

にっこり笑って、ミミズクは頷いた。

寿命の違いなんて、わかっていた。永遠なんてないと。それでも。

「でも、傍にいるよ」

当然のことのように、ミミズクは言った。

「ずっと、ずっと傍にいる」

そうしてミミズクは優しく笑んで、両腕を広げた。

「死んだら食べて、なんて、そんな無茶はもう言わないけどね。だっておばあちゃんに
なっちゃったらきっと美味しくないだろうしねぇ。でもねでもね、たとえばあたしが死

んだら、土に還るよ」

ミミズクはフクロウのその綺麗な瞳を見上げた。

「あたしが死んだら、この森の土に還って。土になり、花になって、あなたの隣で咲くんだわ。…………ずっと、ずっと、ずっと、傍にいる」

囁きのような、優しい誓いだった。

フクロウはそんなミミズクをずいぶん長い間見つめて沈黙していたが、やがてその低い声で、

「…………好きにしろ」

それだけを言った。

それだけの言葉が、ミミズクには嬉しかった。

(許されるって、多分こういうこと)

クロが何度も言っていた意味が、やっとわかった。

やがてフクロウは大きな木の根元に、その黒く大きな翼を休めるように座り込んだ。

「んー？　フクロウ、何するの？」

「…………しばらく、眠る」

「寝るの、寝るの⁉　ミミズクも寝るー！」

笑いながらミミズクは勝手に決めつけて、フクロウのすぐ隣で丸くなった。ずいぶん

昔にやっていたように小さくなったのだけれど、フクロウの羽がクッションみたいで、お城のベッドのような眠り心地だった。

横になったらすぐに睡魔が襲って来て、ミミズクもずいぶん、ずいぶん疲れていたのだなあと思う。

起きたらどうしよう。起きたらそう、フクロウと、新しいお屋敷を造るお話をして、新しく描く絵の話をして。

それからクロちゃんも呼んで、みんなでたくさん幸せになろう。

そんなことを思っているうちに、うとうとと、眠りの世界に誘われて。

眠りにつく直前に、フクロウの翼がまるでお布団みたいに抱き込んでくれたような気がしたけれど。

それはそれ、あんまり幸せすぎることだから。

夢かも知れないな、と、ミミズクは思った。

ＥＮＤ

外伝　鳥籠巫女と聖剣の騎士

口元に当てた洋なしの皮を前歯が裂くと、水っぽい果汁が口内を満たして、アン・デュークは目が覚める気がした。

空は皮肉なほどに晴れていた。

夜明け前から鳴り響いていた王宮の鐘の音が、余韻さえ消えた今でも耳の奥に残っている。馬鹿になってしまったかのような自分の耳に諦めをつけて、遠くを眺める目をこらす。

黒衣の列が視界の端に見えた。その重々しさをまじまじと見つめたアン・デュークは、せめてもの敬意を払うように、手にした洋なしの芯を捨て、寝そべるように腰かけていた庭先の木の枝、その根元に深く座り直した。

形のよい筋肉のついた、長い手足だった。その肌は陽に焼けてもまだ白く、十代後半の少年にしては、硬い手のひらだった。

短い金の髪が、風に吹かれて小さく遊んだ。端整でありながら健やかな印象を与える横顔に浮かぶのは感傷だった。空よりも青く澄んだ色の目を細め、荘厳に続く黒の列を眺める。

道に並んだ城下の人々はしきりに涙をぬぐい、全身で嘆きを表していた。

王妃の早すぎる死を悼み、国の震えは、涙する人の肩のようだ。

けれど彼に聞こえるのは慟哭の声ではなく、過ぎさったはずの鐘の音の反響ばかり。

顔をしかめて、とんとんと自身の耳を叩いた。

「アンディ……！」

枝にぶら下がる自分の足下よりもっと下から呼ぶ声がして、アン・デュークは樹上からひょいと下を望んだ。ちょうど、すぐ上の兄である、次兄シャン・ドールの渋面がため息をついたところだった。

「母上が探しているぞ。神殿の礼拝堂に行くんじゃなかったのか……！」

「その話なら、朝食の時に断ったはずだけど？」

大して声を高めることはせずに、アン・デュークはそんな言葉を落とした。

次兄はぴんと眉を上げる。

「まだ往生際の悪いことを言うか。そんな所から葬列を眺めていないで、礼拝堂まで行けばいいだろう！」

言われて彼はもう一度黒衣の列に視線を戻した。いつの間にか葬列は街並みに紛れ、せわしなく行き交う人々の波だけが視界の端に映った。

その列に混じり、礼拝堂まで行こうとは思わなかった。死した王妃との別れは、国葬の前に既に果たしていた。

高貴すぎる人の死だから、なにも感じないというわけではない。美しい彼女は確かにこの国の妃であり、この国の母になるために死んだ。そんな彼女は同時に、彼の母の友でもあり、思い返してみれば多分、淡い初恋の相手でもあった。

アン・デュークは木の枝に手をつき、少年らしい軽い身のこなしで、塀よりも高いその枝から飛び降りた。膝を曲げ、上手く衝撃を逃すと、目の前に自分を睨む兄の、端整な顔があった。目を合わすことはなく、アン・デュークはふいと顔をそむけてぽつりと言った。

「……別に、興味はないんだ」

ただ鐘の音だけが耳の奥にこびりつくようで、やはりひどく、うるさかった。


国をあげた葬儀から数日が過ぎ、マクバーレンの門を叩く者がいた。

アン・デュークの生まれたマクバーレン家は、魔術が剣術よりも隆盛を極める王国レッドアークにおいて、稀少《きしょう》といってもよい、由緒正しい騎士の家系だった。その嫡流はここ二百年絶えることなく続き、現在は三名の男子を嫡子として授かっている。

魔術が盛んとされるレッドアークにおいても、騎士の位置が軽んじられているわけではなく、魔術と剣技は補い合う関係とされていた。

マクバーレン家の前当主、アン・デューク達の父に当たる人物は数年前、アン・デュークが十五の時に、とあるいくさで負った傷が元で死んだ。

強い人だったと、そんな印象ばかり覚えている。

「ジル兄貴！」

その日マクバーレン邸に着いたのは、長い遠征より戻った長兄のジル・オーセだった。長い金の髪をまとめ、アン・デュークよりもまだ頭ひとつと半分背が高い。

「──皆は元気か」

ジル・オーセは肩と喉元、口元を隠す布の奥から、低い低い声で言う。

「母さんもシャン兄も元気さ」

アン・デュークは笑ってそう答えた。

「そうか」

ジル・オーセは切れ長の目を細める。長兄は口数の少ない人間だった。武人という言葉がこの上なくよく似合う。アン・デュークと同じ髪の色、同じ目の色でありながら、自分とは似ていない、とアン・デュークは思う。

実質上の現当主である彼は死んだ父の面影を強く残し、強力《ごうりき》のジルと呼ばれる、いくさの名将でもあった。

彼は厳しい表情を曇らせ、呟く。

「……アイリーディア王妃が亡くなられたと聞き、途についたが……。葬儀には間に合わなかった」

「仕方ないよ。兄貴は国から離れていたんだから」

アン・デュークが肩をすくめた。その軽い仕草とは裏腹に、空を映す水面のような瞳は、静かに凪《な》いで揺れていた。

「ジル兄上！　お戻りお待ちしておりました！」

次兄のシャン・ドールが声を弾ませ、階段を降りて来る。彼は長兄よりも幾分か小柄で、母親似の甘いマスクをしている。

決闘あらば負け無しの美貌の貴公子は、城下の娘達の羨望を一手に受けているという。

その次兄が騎士の正装をしたまま階段を降りて来たので、アン・デュークは眉を上げた。

「シャン兄、どこへ行くんだい？」

今日は城に呼ばれでもしていたかと問い掛けると、次兄は呆れたような顔をした。

「なんだアンディ、忘れたのか。今日は聖剣の洗礼日だろう」

その言葉にアン・デュークは眉を上げる。

「洗礼日⁉　葬儀を終えたばかりじゃないか。今回は中止のはずじゃ」

「そのはずだったんだがな。王妃がお亡くなりになり、国の沈んでいる今こそ、聖騎士の存在を待ち望んでいるということなのだろう」

国王の采配だ、とシャン・ドールは頬を上気させながら言った。

アン・デュークは肩をすくめてこっそりとため息をついた。

この国には伝説がある。それは何百年も昔から、この国の象徴とされてきた聖剣の伝説だ。

聖剣に選ばれた騎士は『聖騎士』と呼ばれ、国の歴史に刻まれる。

ただしどの時代も聖剣が騎士を選ぶとは限らない。この百年、聖剣は主を選んではいなかった。

聖騎士を目指す若者は、一月に一度開かれる、『洗礼日』に聖剣の下に集う。そうして聖剣と対面し、答えを待つ。

騎士が剣を選ぶのではない。あくまでも、剣が騎士を選ぶのだ。

「しかも聞いて驚け、今日は新しい剣の巫女のお披露目だそうだ」

剣の巫女、という言葉がアン・デュークの思考に引っ掛かった。聖剣に鞘があるように、聖騎士には剣の巫女がいる——おぼろげな伝承の記憶が浮かぶ。

次兄が意気込んで言ったその言葉に、長兄が「ほう」と小さく声を上げた。

「……キーリィン殿が代替わりをなされたか」

「誰だい、それ」

アン・デュークは首を傾げる。

「先代の剣の巫女殿だ」

ジル・オーセが低く答えると、シャン・ドールも身を乗り出した。

「アンディ！　よい機会だ、ついて来い。お前も一度聖堂に来るべきだ。いつまでもふらふらと遊び回って、城や騎士見習いの宿舎はお前の遊技場ではないんだぞ！」

突然強い口調で誘われ、アン・デュークは「遠慮しておくよ」と口ごもりながら後ずさるが。

「――……行って来い」

ジル・オーセも目を伏せながら促した。

この家で、言葉少ない長兄の命令は絶対だった。それがわかっているからこそ、末弟は情けない嘆きの声を上げた。

「勘弁してよ！」

「なにが勘弁だ！　聖剣の洗礼は今でなくてもいいが、マクバーレンの騎士ともあろうものが聖堂にも行ったことがなくてどうする！　来い！」

意気揚々と先に立つシャン・ドールに心の底から大きなため息をついて、アン・デュークは重い足取りで歩き出す。

と、前を行くシャン・ドールが振り返って言った。

「そうだ兄上！　兄上もご一緒にどうですか。もしかしたら、今度こそ兄上が聖騎士に選ばれるかも知れません、兄上こそまさに、聖騎士にふさわしい――」

言い終わる前に、ジル・オーセは片手を上げ、弟の言葉を制した。

「……私はもう必要はない。何度洗礼を受けても、きっと結果は変わらないだろう」

行って来なさい、と言う言葉に押されて、シャン・ドールとアン・デュークは聖剣が奉《まつ》られている聖堂へと向かった。


神殿に着くと、あまりの人だかりにアン・デュークは目を剝いた。

もともと洗礼日には遠い異国から旅人が集うほどだったが、神殿の外まで人が溢れている。

「なんだってんだ、一体……」

「それだけ、新しい剣の巫女を一目見たいという人間が多いということだ」

シャン・ドールもまた、期待に満ちた瞳で祭壇を見つめていた。

　聖堂の奥、祭壇の一番上には、水晶の棺。その中におさめられた、聖なる剣。分厚い水晶に透ける剣のシルエットを見て、アン・デュークは顔を歪めた。

　棺の傍らに、数人の神殿服を着た、魔術師がたたずんでいた。

　浅いため息をつき、目を逸らすように伏せると、ざわめきが一際大きくなった気がした。

　祭壇の向こうからゆっくりと歩いて来る、影。

　一人の女が、水晶の棺の前に姿を現した。

　まず、美しく波打つ黒髪が見えた。髪に編み込まれたビーズが太陽の光を反射し、きらきらと光っていた。真白い衣装。髪と同じ黒い瞳。

　陶器のように澄んだ肌。細い指。唇だけが微かに色づいて。

　伏し目がちにたたずむそれは、確かに巫女と呼ばれるだけのもの。神が降りているかのような美しさであったが。

「……あれは誰」

　気づくと、かすれた声で呟いていた。シャン・ドールが囁くように答える。

「剣の巫女だ」

「まだ若い」

　アン・デュークの声は、非難するような響きだった。彼には快くは思えなかった。あの場所に立つ聖剣の使いは、自分よりもまだ、若く見えた。

「だから言っただろう。代替わりをしたんだ」

そう答える次兄の視線は、たたずむ娘から離れない。

娘は背を伸ばし、人々の視線と感嘆を一身に浴びるばかり。自身の名さえ口にはしなかった。

しかしその名は、集まった人々の間、瞬く間に広がって行く。

「オリエッタ様」

人の波を渡る、それはまるで泡沫《ほうまつ》のように。

「オリエッタ様」

そう口々に彼女の名を呼んでも、巫女たる少女はにこりともしなかった。緊張をしている、という言葉だけでは表しきれない。まるでどこかに戦いに出るかのように、青白い顔だ。

年端もいかない少女がしていい表情ではない、とアン・デュークは思う。

居心地の悪さにたじろぐように身体を引くと、兄に尋ねていた。

「あの子の仕事はなんなの、シャン兄」

「巫女は聖剣の花嫁だ。剣と、それから聖騎士に、魔力と祝福を与える」

こちらを振り返らず、型に填った答えだけが寄越《よこ》される。

近くにいた見ず知らずの男が、ぐいとアン・デュークの肩を押した。

「なんだ、ボウズ。一目惚《ひとめぼ》れか？　なら諦めろ。そうじゃなけりゃ、聖騎士になるしかねぇな。聖騎士になれば、剣巫女はお前のもんだぜ？」

ざわめきの中、男の言葉は隣のシャン・ドールまでは届かなかったのだろう。下卑た笑い混じりだった。アン・デュークはその言葉に、ひどく不快げに顔をしかめた。

「シャン兄。俺、先に戻る」

アン・デュークが強い言葉で言うと、次兄が振り返る。

「洗礼は受けないのか！」

聖堂を離れかけていたアン・デュークは、顎を上げ、小さく答えた。

「こんなうるさい場所に、これ以上いられるもんか」

外へ出る際にもう一度だけ祭壇を見たが。

剣の巫女は、氷で出来た彫像のように、静かにたたずむだけだった。


マクバーレン邸の庭園、まだ時は早朝。

音を立てて木剣が舞った。

「ッ……！」

木剣から離れた両手で代わりに受け身をとり、

「参りました兄上！」

言った者勝ちだ、とばかりにアン・デュークは叫んだ。

剣を飛ばしたジル・オーセは短い息をひとつつき、

「……たまには剣をはじかれても、向かって来たらどうだ」

構えをときながら静かに言った。

「丸腰で？　冗談キツイなぁ、ジル兄貴。俺の体術がひどいものだって、よっく知っているだろう？」

地面に座り込んだまま立つこともせず、ゆうゆうとあぐらをかいてアン・デュークは言う。

久方ぶりに受ける、長兄からの剣術の指南だった。アン・デュークの剣はいつものように軽やかで、よく慣れたものであったが、ジル・オーセの重い一撃を返す力はなかった。

力のジル・オーセ。そして技のシャン・ドール。華やかに賛美される三兄弟の末子は、決して剣が不得手というわけではないが、上の二人に比べてこれといった特徴がなかった。また、人前で剣を振るうことを苦手とし、騎士団にも所属せず、見習い宿舎に現れる時も決まって遊びついでだったものだから、マクバーレンの昼行灯《ひるあんどん》とまで称されている。また、当の本人はそう呼ばれることを歓迎する向きさえあった。

そんな末弟を見下ろし、長兄はゆっくりと言った。

「……いくさ場ではそうも言っていられないぞ」

「首を取るか取られるか？　血生臭い話だなぁ」

小さく笑って、アン・デュークは茶化した。

ジル・オーセは厳しく眉根を寄せたまま、言葉をつなげる。

「──お前もマクバーレンの嫡子であるならば、ゆくゆくはふさわしい主君に仕え」

「主を守り国を守り、騎士の名に恥じぬ誇りある死を？　シャン兄の口癖だ」

口元に浮かんだのは皮肉げな笑みだった。当主である長兄が国を空けている間、アン・デュークと剣を合わせるのは次兄の役目で、その鍛錬も、いつも決まり事のように、末弟の降参で終わるのだった。

「……シャン・ドールは」

「ねぇ、兄貴達は死ぬためにいくさ場に行くのかい？」

地面に座り込んだまま兄の大柄な身体を望み、アン・デュークは言葉を途中で遮るように尋ねた。問われたジル・オーセは静かに目を閉じる。

「守るためだ。何よりも、己の誇りを」

「誇りねぇ……」

アン・デュークは、兄の顎から首元に走った傷を見た。

強力と呼ばれる彼は、致死の傷を負いながらも向かい来る敵を薙ぎ倒したのだという。

その武勇伝を、幼かったアン・デュークが目の当たりにすることはなかったが、しばらくぶりに帰郷した長兄は、首元に見るも凄《すさ》まじい傷跡をつくり、声は老祖父よりも低くなっていた。

『ねえ兄貴。痛かった？』

まだ小さな少年であったアン・デュークがおそるおそる傷跡に触れながら問うたことを、未だ彼自身が覚えている。

ジル・オーセはその時にはふっと笑い、

『……いいや？』

痛みなんて感じなかったと彼に告げた。多分それが誇りなんだろう、とアン・デュークは思う。

けれど、きっと自分には無理なのではないか、とも同時に思うのだ。

地に落ちた自分の剣を見ながら。戦いというものを夢想する。

別に傷つくことは怖くはないけれど、だからといって死にたいわけではないけれど。

（なんだろうな……）

誇り。名誉。守るための戦い。

様々な言葉で飾られるけれど、どれもが砂でつくられた城のようで。人の生き死には、それほど、美しいとは彼には思えないのだった。

夜明けから陽が落ちるまで、活気に溢れた城下の市場は、アン・デュークがこの国で一番好きな場所のひとつだった。

「下から二つめ！　その一角、全部包んで欲しいんだ」

身を乗り出して店に並んだチーズを品定めすると、これぞと思った部分を指さした。

「一角全部？　そりゃあ構わないけど、相変わらずお目が高い坊ちゃんだね」

わざわざ取り出しにくいものを指定したアン・デュークに、露店の女は愉快半分に困り顔をしてみせた。

空の木箱に頬杖《ほおづえ》をついて、アン・デュークは片目をつむってみせる。

「ジルの兄貴が帰って来てるんだ。兄貴がここのチーズが一番ワインに合うって言うんだから、その中でもとびきりいい物を用意してやりたいんだよ」

「あらあら、うまい口だこと」

「うまいついでに、それだけたくさん買うんだ、まからないかい？」

すかさず値段を交渉するしたたかさに、露店の女は吹き出すように笑った。

「まったく坊ちゃんには参ること。剣の腕なんかよりよっぽど商才があるんじゃないかね？」

言われたアン・デュークは頬杖から頬を外し、きょとんとした顔で言った。

「……そう思う？」

チーズを切る手を止めて、露店の女は頷く。

「お兄様方は全く素晴らしい騎士様だとは思うけどね、アンディ坊ちゃん、あんたも騎士の家に生まれたからといって、お兄様方と同じ道を歩かねばならないという道理はないだろう。あんたのその愛嬌《あいきょう》はまさに天賦の才というやつさ。商人になるにはちょいと綺麗なお顔すぎるだろうけどね、騎士よりはよっぽどいいだろうよ」

チーズを袋に包みながら、少しだけ声を落として女は言った。母親のようなその言葉に、淡く笑うと、手を伸ばす。

「お姉さんも、商人が天賦の才の美人さ」

お代はやはり普段よりもずいぶん安く、アン・デュークは晴れやかな顔で、心から礼を言った。

「ありがとう」

チーズの袋をかついで、軽やかに市場をあとにする。道行く人々はアン・デュークの端整な横顔を見つけては眉を上げ、陽気に声を掛けてくる。それぞれに言葉を返して、足を止めることなく通りを歩く。

　二人の兄と比べられることの多いアン・デュークが、兄達よりははっきりと勝っていたのは、そのとっつきやすさと、友人の多さであったのかも知れない。老若男女、なんの隔てもなく友となれる生来の気性は、数値に表されるものでも、勝ち負けのつくものでもなかったが、誰もが知る彼の美徳だった。

　軽やかな足取りで屋敷に戻る近道を歩いていると、大きな馬のいななきが響いてきた。

（――？）

　アン・デュークが足を止める。同時に、何人もの叫びと、重い建物が崩れるような、音。

（下だ）

　彼が歩いていた近道のすぐ下には、広い馬車道があった。近くの木の枝に手をかけ、片手を軸に下の道に滑り降りると、まず白い服をまとった人々の姿が見えた。

（神殿の）

　魔術師じゃないか、とアン・デュークが不可解さに眉を寄せる。その大仰な服装は彼の記憶にも新しかった。

　魔術師達が取り囲んでいたのは、道の脇に崩れた大きな馬車だった。ずいぶん豪奢なものだが、それと同じくらい古いものでもあった。所々変色した白木は、長い歴史を伝えるようだ。

　からからと宙に浮いた車輪が回る音だけがしていて、魔術師達は口々に言う。

「…………事故だ！」

「誰か、人を呼べ……っ！」

「中にまだ、巫女様が!!」

　そのあまりに狼狽えた様子に、アン・デュークは嘆息して、「ねぇ」と声を掛けた。

「中に誰かいるのかい？」

「巫女様がまだ取り残されておるのだ！　ああ、ああもしも巫女様に万一のことがあれば……！」

「オリエッタ様！　オリエッタ様！　どうぞご無事でしたら、お応えください――！」

　嘆くばかりでなにもしないいんだな、と自分の服の袖をまくりながらアン・デュークは思う。

　オリエッタ様。簡単に忘れられるような名前ではない。相手の立場を思えば、もしものことがあったら、と魔術師達が狼狽えるのも仕方がなかった。

　崩れた馬車は確かに無惨に歪んでしまって、扉はびくともしないようだが、かろうじてその形は保っていた。辺りに血の匂いはなく、アン・デュークは楽観的な自分の直感が正しいだろう、と思った。

「どいて」

チーズの袋を下ろすと、近くの木片を手に取り、僅かに空いた馬車の扉の隙間に、力任せに差し入れた。

「な、なにをする！」

「やめなさい!!」

悲鳴のような魔術師達の言葉を意に介さず、アン・デュークはてこの原理を使って体重をかけ、力任せに扉を外した。

老化した木が割れる強烈な音がする。

その隙間から、太陽の光が中に差し込んだ。

光に照らされて、最初に見えたのは黒い髪だった。そして、髪が掛かる白い手首。その白さが不健康なほどであったから、アン・デュークは僅かに視線を強くし、腕に力をこめて、一気に扉を引きはがした。

たとえ昼行灯と言われようとも騎士の末子だ。この程度のことは一人でも出来た。

すると、現れた巫女の黒い瞳とぶつかった。頭の小ささに不釣り合いなほど、大きな黒曜の瞳だった。ぽかんと薄く口をあけて、アン・デュークを見上げる姿は、しばらく前に神殿で見た時よりもずっと幼く見えた。

編まれた黒髪。白い神殿服。そんなものを上から下まで流し見て。

「——……なんだ。生きてるじゃあないか」

思わず呟いた言葉は、どこか皮肉めいて響いた。

相手が返事をしなかったのはどうしてか。恐ろしさに声も出せなかったというのだろうか。さすがに、純粋培養な巫女様は違うものだとアン・デュークは思う。

まるでお姫様のようじゃないか。否、自分の知る『お姫様』はもっと芯のある人間だった、と胸の中だけで思う。

お姫様でもないのだとしたら、「生きている」と返事も出来ないような、鳥よりも臆病ななにかなのだろうか。

後ろからは彼の無礼を罵る、魔術師達の声がした。巫女の無事をしきりに尋ねて来る。

「大丈夫だって。人間、そんな簡単にくたばらないよ。ちょっと待ってな」

そう言ってアン・デュークはまた力任せに周囲の残骸もはぎとって、声ひとつ上げることのない相手に、その手を伸ばした。

形の良《よ》い指先と、皮の硬い手のひらで。

「お手をどうぞ、レイディ」

声には笑みさえ滲んでいた。

言われるままに腕を持ち上げた相手は、瞬間くっと息を詰めたようだった。

その一瞬をアン・デュークは見逃さなかった。笑みを消し、真剣な顔になって。

「……肩が外れているようなら動かない方がいい」
身を乗り出し、状態を確認しようとさらに手を伸ばす。相手に触れようとするまさに
その時、低い声が上がった。
「さわらないで」
感情が高ぶって出た声ではなかった。祈りの例句のように、ふさわしい言葉をただ告
げた、そんな口調だった。
動きを止めると、まじまじと至近距離から相手を見つめる。
巫女であるオリエッタはみるみる表情を変えて行った。蠟《ろう》で出来た人形のように、白
い肌さえ当然とするように、感情が消えて行く。その変化を、やはり探るように、ア
ン・デュークは覗いた。
青い瞳と、黒い瞳。絡み合う視線に熱はなく、まるで冷たく睨み合うようだった。
先に動いたのはオリエッタの方だった。伸ばされた救いの手をゆっくりと横にどける。
あえて、痛むはずの腕を使って。
「……ありがとう。大丈夫、自分で立てるわ」
美しく笑む、その笑顔があまりに強く、冷たく、壮絶であったものだから、アン・デ
ユークは思わず言葉を失った。
思わず言葉を失い——その胸に、愉悦が火をつけた。

傲慢ともとれるその反応をおもしろがったのだ。人形より、姫君より、ずっと胸を躍らせる応答じゃないかと思った。

オリエッタはそのまま自力で立ち上がろうとしたが、次に動いたのはアン・デュークの方だった。彼女の、痛めた方とは逆の腕を、有無を言わさず掴み、引いて。

「思ったよりもずっと綺麗な鳥だ」

嘲りのように耳元に囁いた。誰にも聞こえないように、馬車の残骸から引きずり出しながら。

非礼きわまるその所作で、次に口にする言葉は、まさに冒瀆《ぼうとく》のようだった。

「自由になりたいかい？」

気まぐれのように、弄ぶように、縄を掛けられても仕方のないような無礼さで。

アン・デュークは囁いていた。

「ねえ。今は君はこうして籠の中。ねえ君、君は自由になりたいかい？」

その言葉を屈辱として受け取ったであろうことは、巫女の顔を見ればありありとわかった。けれど、彼女は腕を振り払うことはしなかった。それが彼女の矜持《きようじ》であるかのように。

少女のような面影で、聖母のような御姿で、オリエッタは笑った。唇を曲げて。聖なる乙女らしからぬ、暗い暗い笑い顔。

そうして告げた。

「なれるものなら、とっくの昔になってるわ」

その言葉。その声に。

アン・デュークは、一時驚き、そして一時笑い——頷いた。

聖剣の巫女。そして伝説の聖騎士。

のちに王国の歴史に名が刻まれる二人。

今はただびとである彼らの——それが邂逅だった。

静かな夜、ジル・オーセの帰郷により久し振りに揃った三兄弟は、母親の寝静まった後にテーブルにそれぞれ座し、長兄が土産として持ち帰った年代物のワインをあけていた。酒が強いのは血筋で、ボトルの一本がすっかりあいても誰も顔色を変えることはない。

その夜の話題は、末弟が道すがら助けたという新しい剣の巫女についてだった。

どんな御方だったとしきりに尋ねる次兄シャン・ドールに曖昧な返事をして、アン・デュークは逆に尋ね返す。

「ねぇもしも、聖剣が聖騎士を選ばなかったら、剣の巫女はどうなるんだい」

ワインの濃い香りを飲み下しながら、その問いに、「どうもならない」とジル・オーセは低い声で答えた。

シャン・ドールがあとを引き継ぎ末子に諭す。

「お前はもしも、というがな、考えてもみろアンディ。聖剣はここ百年、主を選んではいないのだぞ？」

「や、だからさ。その、『どうにもならない』巫女はどうなるのかって聞いてるんだ」

アン・デュークは腑《ふ》に落ちない顔で、なおも言いつのった。

彼は聖剣と巫女について、あまりに知識がなさすぎた。それは古き伝統のある家に生まれながらも、それらを避けて耳を塞ぐように生きていたからでもあった。

軽く目を伏せたまま、今度は長兄が巫女について静かに語る。

「聖剣を守護し、神殿に参る者や王家に祝福をもたらしながら一生を終えるだけだ」

「巫女の役目から解放されることはないの？」

「巫女殿は、死ぬまで剣の巫女であらせられる。それはもう役目ではない。生き方だ」

アン・デュークは苦虫を噛み潰したような顔をした。

「なんだそれ。最悪だね」

呟きに過敏に反応したのは次兄だった。

「罰当たりなことを言うなアンディ！　剣の巫女殿はいわば聖剣の守り主なのだぞ！

ひいてはこの国の守り主といっても過言ではない！　それをお前は――」

「ああー、わかったよシャン兄。悪かったよ！」

次兄の説教は始まると長い。マクバーレンの騎士がいかようにあるべきかを諭し始める前に、切り上げておきたかった。

「じゃあ聖騎士が選ばれたらどうなるっていうの？」

「……剣の巫女は、いかなる時も聖剣と共にある。ひいては、聖騎士と共に生きることになるだろう」

ジル・オーセの言葉にアン・デュークは思わず眉を上げた。

「聖騎士と、結婚をするのかい？」

その響きをどう受け取ったのかはわからなかったが、目を伏せて「いや」と彼は首を振った。

「そのようなしきたりは史実にない」

「でも不可能じゃない？」

「いいや無理だろう」

割って入ったのはシャン・ドールだった。

「子を生せないのであれば、騎士の妻にはなれぬであろう」

その言葉に今度こそ、アン・デュークは驚き振り返った。

「どういうこと？」

「知らないのかアンディ。剣の巫女のさだめなのだ。彼女らは、過酷な魔術の修行の果てに、子をつくる能力を失うらしい」

不憫《ふびん》なことではあるが、それもいたしかたあるまいと、シャン・ドールは何度か一人頷いた。

アン・デュークは絶句し、言葉の真偽を確かめるように、長兄の顔色を窺《うかが》う。

ジル・オーセは沈黙していたが、否定の言葉はなかった。

「……なんだ、それは……」

つくりの良いローズウッドの椅子に深く身を沈めて、呆然と口の中の言葉を呑み込んだ。

(最低だ)

その渋面から、末弟の心中は長兄には知れただろうが、彼は弟を咎《とが》めることはなかった。静かにワインに口をつける彼は無表情を通し、シャン・ドールはといえば、話題を進め、今度はアン・デュークに早く騎士の資格をとるため王城へ行けとせっつき始めた。

騎士の資格を得るためには、騎士団の入団試験を受ける必要がある。ここまでのらりくらりとかわし続けていたそれを、長兄がいる間に果たさんとする次兄の決意が見えた。

「いいかアンディ。お前も由緒正しきこのマクバーレン家の嫡子であるならば、この年になっても騎士の資格をとらないということがどれほど不名誉なことであるか！　父上は草葉の陰で泣いておられるぞ!!」

「まぁ、そのうちね……」

答えるアン・デュークの声には明白な温度差があり、視線も逃げるように泳ぐばかりだ。

「そのうちではない！　今すぐ！　明朝すぐにでもだ!!　貴様このマクバーレン家に泥を塗るようなことがあってみろ、私が亡き父上に代わりお前を叩き斬ってやる!!」

正義感が強く騎士道精神に溢れたシャン・ドールは、常日頃から弟の怠慢に苦言を呈する人物だった。父亡き後、長兄が家長の座につき、シャン・ドールにとっては父と兄のどちらも尊敬の対象だ。

「……まだ、騎士の称号を得る気にはならないのか」

静かにジル・オーセに尋ねられて、アン・デュークはばつの悪い顔をする。

「どうかな。ほら、騎士団の試験にさ……受からないんじゃないかとも思うんだけど……」

ぼそぼそと言う。「だから特訓をするのだ！」というシャン・ドールの言葉にかぶさり、けれどそれよりも強く深い響きで、

「そんなことはない」

ジル・オーセは断言した。

「お前の剣術があれば受かるだろう」

それが事実なのか激励なのかはわからなかったが、そうかな、と肩をすくめて軽く笑った。

アン・デュークは二人の兄からこれまで一度も、剣の打ち合いで一本をとったことはなかった。

「兄上もこう言っておいでだ！　アンディよ、明日は騎士団に向かうな？」

「うーん……騎士団、かぁ……」

意気込んでくる次兄に、アン・デュークは考え込むようにしばらく黙す。

「……嫌なのか」

ジル・オーセの問いかけにアン・デュークは目を伏せる。

『騎士の家に生まれたからといって――』

そう、露店の女は彼に言った。けれど、騎士の家に生まれた自分には、騎士として生きるという使命がある。

彼女はどうだろう、と思う。あの、暗い目をした少女はどうだろう。このまま巫女として生き続けるのか。巫女として生まれたがために。

逃げられるものなら逃げている。そう、彼女は言った。

一度囚われた、生まれと生き方。いつまでも誤魔化してはいられない。この家を出ない限り、騎士の冠はアン・デュークの頭上から外れることなどない。

剣を捨てて、この家とこの国を、出ない限り。

「……わかった」

目をあけたアン・デュークは、母親に似た面差しで、優しげに笑った。

「騎士団に入るよ」

この家の男子である限り、いつかは観念しなくてはならないことだ。

「騎士の称号を受ける。……だけど」

覚悟は決めよう。彼はそして、ひとつだけ条件を口にした。

「先に聖剣の洗礼を受けさせてはくれないかな」


物心ついた頃の記憶、というのはどんなものがあるのだろう。風景。匂い、食べたもの。抱かれた感触や、つながれた手のぬくもり。

そういったものと全く同列に、アン・デュークの場合はひとつの言葉があり、言葉を言葉と認識する前から、聞こえていた声がある。

それは眠る前。もしくは起き抜け、食事の間、兄と遊ぶつかの間でさえ、所構わず、アン・デュークの都合なんてお構いもなしに。

あまりにいつも聞こえているものだから、風の音のように、感じていた。

『ねぇもしかして、兄貴には聞こえないの？』

幼い頃、アン・デュークはそう尋ねることがあった。その時問われたシャン・ドールは、『なにがだ？』と弟に聞き返した。

『声』

アン・デュークはそれだけを言った。

けれど次兄は首を傾げるのみで、その反応は長兄にしてもさほど変わるわけではなかった。

月日が経ち、いつの日か、アン・デュークは誰にも問い掛けなくなった。

耳に鳴り響く声が聞こえなくなったからではない。

その声が聞こえるのは、自分だけなのだとわかったからだった。

自分の頭がおかしいのだろうかと、思ったこともある。けれどすぐに別の結論に達した。

おかしいのは、この声の方だ——。

長い長い廊下を歩きながら、アン・デュークはそんな自分の過去をたどっていた。

聖剣の神殿は静まりかえっていた。

今日は洗礼日ではない。それでも彼がこの部屋へと入ることが出来たのは、ひとえにマクバーレン家という名のおかげだった。

水晶の棺におさまった、聖なる剣は重く冷たく、誰の手も拒んでいるようだ。

その鞘から、刀身を抜いた者は、この百年現れていない。

アン・デュークはなんの気負いもない様子で、両手をポケットにつっ込んだまま棺に近づき、蓋のない縁に両手をついた。

まず浮かべたのは、隠しきれない渋面だった。彼が時折『うるさい』と言っては耳を押さえる、その時のしかめつらと同じもの。

そうしてため息と共に、笑う。

「まったく、ずいぶん長い間うるさく呼んでくれたものだね」

口をついて出た言葉は、まるで人間に対するようだった。誰もいない、この聖棺を前にして。

彼は言わずにはおれなかった。

「自己主張が強いのも考えものだと思わないか？　あんまりにしつこいから、くたばるまでこのまま黙殺してやるつもりだった」

何年も、うんざりするほど付き合ってきた誰かに対するように、アン・デュークはなじる言葉を口にする。

「けど、……どうせだからさ。道連れにしてやるよ」

肩をすくめて、諦めたように笑って。

「俺も後悔するだろうし、お前も後悔するだろうけれど」

手を伸ばす。冷たいはずの刀身は、今は熱を持っていた。

——我をとれ。英雄よ。

響く、声は。響く言葉は。物心ついた時から、アン・デュークを悩ませ、苦しませてきたものだ。

最後まで、うんざりとため息をついて、そして騎士の家系の末子は言った。

「ひとまず、選んでみてやるよ。……戦いの生と、聖なる力ってやつを」

——俺は、英雄じゃあないけどね。

彼が『マクバーレンの末子』として発した言葉は、それが、最後のものだった。


その日、五色の鐘が鳴り響いた。王国レッドアークの、歓喜の鐘が。

レッドアーク国暦、六五九年。灰髪の王が統治する時代。

聖騎士と剣巫女が、本当の意味で誕生した、その日は今も、レッドアークの歴史に刻まれている。

二人の二度目の出会いは、まるで劇的ではなかった。

「やぁ」

アン・デュークは片手を上げて、そんな風に挨拶した。「はじめまして」と言うには初対面ではなかったし、「こんにちは」と言うのも間が抜けている。「久しぶり」と言うには、日が経っていないと判断した。

二人のために用意されたのは、王城ではなく、神殿の一室だった。誓約の儀式を行わなければならないという、神殿の魔術師の導きだった。

城で国王と謁見していた聖剣の巫女は、聖騎士の誕生に新しい馬車を走らせて舞い戻ってきたようだった。いつものように綺麗に結われた髪と、白い衣装だった。神聖を形にしたような巫女。けれど彼女が対峙《たいじ》した人物は、彼女の予想を大きく超えていたようで。

オリエッタは口を微かに開いて、呆然と立ち尽くしていた。笑みもなく、人形のような無表情も保たれてはいなかった。

それは、初めて言葉を交わした時、一瞬見せたものと、同じ。

「……あなたは」

かすれた声で、オリエッタは言う。

「そういえば、名乗っていなかったね」

その前に、これ、置いていい？　とアン・デュークは肩にかついだ大きな荷物を下ろす。「全くこっちは、聖剣一本だけで大荷物だってのに」とぼやきながら。

まだ薄く口を開けたままで、オリエッタは騎士に背負われた聖なる剣を見た。それは確かに、彼女が運命を共にすべき聖剣だ。オリエッタは自然、息を呑む。彼女は長い時間と修行を経て、今その剣が「あるべき者」の手の中にあるのだということを感じ取ったのだった。

間違いない。この男が、聖剣に選ばれた聖騎士であると。

アン・デュークは大きな剣とは不似合いなほど快活に笑い、言う。

「改めまして。僕はアン・デューク。アン・デューク・マクバーレン。親しい者は、アンディと呼んでいるよ」

そう言って出そうとした自分の手を、確認するようにアン・デュークは見た。それから硬い手のひらを引っ込めて、頭を掻きながら、あっけらかんと言ったのだ。

「今までこいつが世話になっていたね。今回、この重い駄々っ子を引き取ることになった」

駄々っ子、と称されるそれが、剣だということはオリエッタにも十分に伝わったようだ。

「……わたくし、は」

「知ってるよ。聖剣の巫女だろう？」

言われて、はっとオリエッタは顔色を変えた。これまで我を忘れていた、そのことを恥じるようにあまりに迅速に。

迷うことなく、アン・デュークの足下に跪き、両手で祈りの印を組む。

「えっ……」

仰け反ったアン・デュークに、オリエッタは朗々と述べた。

「――わたくし、オリエッタ・リューレは、ここに誓います。我が身を鞘とし、我が身を糧とし、我が身を尽くし」

この命果てるまで、聖剣と共にあらんことを。

誓約の言葉は、アン・デュークの叫びによってかき消される。

「待ってくれ!!」

突然の制止に、巫女はなにごとかと騎士を見上げた。もっとも、困惑していたのは、アン・デュークも同じだった。

「あの、なにを、してるの？」

おそるおそる、跪いたオリエッタに尋ねる。

彼女は祈りの形を崩すことはなく、淡々と告げた。

「……騎士様は、聖剣を抜き、この国の聖騎士となられました。わたくしは聖剣の巫女です。この慶事に先立ち、主に忠誠を誓う儀を」

「わかった。ちょっと待とう」

アン・デュークが額に指を当て、深いため息をつくと、

「立ってくれ」

と情けない声で言った。誓約が終わっていない巫女は、その指示に従うべきか迷っているようだった。

「……それは、ご命令ですか？」

アン・デュークは今度は泣きそうな顔で。

「違う。これは僕のお願いだ」

懇願するようにそう言った。オリエッタはなおも迷いを見せたが、ゆっくりと立ち上がる。

すると、アン・デュークが足下に置いた革袋を差し出した。大きなその中には、代々聖騎士に与えられる、多くの報奨が詰まっていた。

「巫女殿。僕は今日これを君に渡しに来たんだ。僕には分不相応なものだからさ」

意味がわからずまばたきすら返さないオリエッタに、アン・デュークは両手を広げ、優しく笑って言った。

「これを持って行くんだ。さぁ、もう誰に遠慮することもない。君の家に帰るんだよ」

「わたくしの、家……」

オリエッタの呟きは、かすれていた。

「そうだよ」

優しい微笑みのまま、アン・デュークはゆっくりと言葉をつなげる。

「君は自由だ」

「何故」

問い掛けは、硬質だった。つなぐ言葉も、表情もまた、崖の縁に立つように悲壮だった。

「わたくしはあなたのものです」

けれどアン・デュークは呆れた顔で、なんでもないことのように、どうでもいいことのように言う。

「じゃあ僕の目の届かないところに行きなよ。そうしたら僕はどうしようもない」

「どうして」

オリエッタの顔が歪んだ。ひどく、馬鹿げた、救いようのない冗談を聞くような顔だった。

「どうして、そんなことを言ってくれるの」

アン・デュークはけれど、今更なにを聞くのだという顔をした。

そして繰り返したのは数日前の、戯れのような言葉だった。

「君が僕に言ったんじゃないか。『なれるものなら自由になりたい』って。僕は君を自由にすることが出来たから、君を鳥籠から放したに過ぎない」

「あなたには何の利益もないのに」

オリエッタの言葉は責め句のようだった。

けれどそよ風でも受けるように、彼は肩をすくめるだけで。

「損もないよ。もともと騎士の家に生まれたぐうたら息子だ。——ああ、損といえばひとつあったかな。君は手放すには惜しい美人っぷりだけど……」

軽口を叩くように、笑って告げた。

「けれど、君みたいな人には笑っていて欲しいんだ。それにね」

続く言葉を告げる時だけ、アン・デュークはふっと真顔になり。響きを深めた。

「一人の女性に犠牲を強いるのなら、その時点で聖なる剣は聖剣失格だろう」

その言葉に。オリエッタはゆっくりと目を伏せた。目を伏せ、己の手を見下ろす。

そして一体なにを感じ、なにを考えたのか。オリエッタはことさらゆっくりと顔を上げた。

「どこへ行ってもいいの？」

無垢な少女のように尋ねる言葉に、ようやく言葉が通じたと、満足そうに、アン・デュークは頷く。

「ああ、どこへなりと」

「そう。——じゃあ、あなたの家はどこ？」

「へ？」

その問い掛けは、アン・デュークが呆気にとられるのに十分だった。

優しく揺れるアン・デュークの青い瞳に反して、オリエッタの黒い瞳は燃えるようにきらめいていた。その光は確かに美しくはあったが、同時に途方もないほど暗く感じられた。剣を背負う、アン・デュークがたじろぐほどに。

オリエッタが一歩、踏み出す。

「あなたの家は、と聞いたのよ。わたくしいつも、料理や洗濯を自分でしたいものだと思っていたの。丁度いいからあなた、わたくしを雇ってくださいな」

アン・デュークがその形のよい眉を寄せる。

「…………本気かい？」

「本気だわ。あなたのお屋敷にうかがって、居心地が悪くないようでしたら」

オリエッタが、笑う。その笑いが一体どんな意味を持つのか、アン・デュークにはわかるはずもなく。

「雇われてさしあげても、構いませんわ」

籠の鳥、とアン・デュークが称した聖母のさえずりは、まるで末期の声のようだった。

聖騎士となったアン・デュークの帰る場所は、既にマクバーレンの屋敷ではなかった。代々聖騎士に与えられるという大きな館が丸ごとひとつ、広大な庭園もひとまとめに与えられた。

定期的に人の手が入っていたとはいえ、聖騎士の屋敷には古い木材の呼気がこもっているようだった。ひとつひとつ、軋む窓を開きながら、アン・デュークが言う。

「やっぱり、君に全てやってもらうのはおかしいよ」

古い布を雑巾代わりに、家具を拭いてまわっていたオリエッタが、額の汗をぬぐいながら答える。

「出来ることから、出来うる限りと言いましたわ」

ご不便はおかけいたしません、と言うオリエッタの言葉はかたくなで、アン・デュークは嚙み合わない会話の代わりに、自分の奥歯を嚙んで見せた。

あくせくと働く後ろ姿を眺め、ため息をついて窓枠に背中を預ける。

(どうしてこうなったのかな……)

細い身体だと思った。最初に近くで見た時も、小さいと思った。神殿で厳かにたたずんでいた少女と同一人物だとは思えないほど。アン・デュークの知る限り、彼女くらいの年であれば、皆ドレスを着てダンスの練習にばかり励んでいる。もちろん、使用人であれば、彼女のような年から見習いに入ってもおかしくはないが。

彼女は本当に使用人になるつもりなのだろうか、とアン・デュークはいぶかしんだ。

「お金が必要なの？　あの重い財宝だけじゃ足りないくらい？」

嘆息混じりに問うと、オリエッタの背中から返る声は笑っているようだった。

「頂くわけにはいきませんわ。あれは聖騎士さまのものですもの」.

「僕だけがもらうことに納得いかないよ。あの聖剣のせいで苦労してきたのはむしろ君の方だ。僕はこれから苦労するのかも知れないけれど、……そのつもりはないし」

言葉を紡ぐにつれて、アン・デュークの声は歯切れが悪くなった。誤魔化すように語調を早める。

「第一、この家だって不相応だよ！　僕にはマクバーレンの家があって——」

「もう、既に、あなたのものです」

遮る声は、男であるアン・デュークのそれよりも低く、押し殺したものに聞こえた。

（なんだかな）

首の後ろを掻いて、割に合わない、と思う。一応、それなりに、ある程度の覚悟を決めて、聖剣を抜いたというのに。

自分の運命と、自分の都合の中で、唯一、助けられると思った相手は、なにやらひどく怒っている。

（別に、君のためじゃあ、なかったけどさ）

そんな男らしくないことは言わないけれど、それでも納得がいかない。半眼でオリエッタを見ていると、彼女は親の敵のように、重そうな額縁の裏まで手を伸ばして壁を拭いていた。

そのどこか投げやりな動作に、アン・デュークは嫌な予感を覚えて、無意識に腰を浮かせた。

次の瞬間、音もなく傾いだ額に、「ほらやっぱり！」と叫びながら地を蹴り、オリエッタの肩を引き寄せずらした。

倒れて来た重い額が舞い散らせた白い埃に、小さく咳き込んで。

「また、肩でも痛める気？」

口元を押さえて、そう尋ねた。

肩を摑まれたオリエッタは、アン・デュークの腕の中、どこか呆然とした顔で倒れた額を見ていたが、その軽口に、黒い瞳できっと睨みつけた。

決して友好的な光ではなかったが、アン・デュークは至近距離で真っ向から受け止めた。強く睨み返しはしなかったが、彼の幻想のような青い目は、時に炎より冷えて、冴《さ》える。

「俺の話、聞いてるよね。わかってて、流してる？」

合わさり、ぶつかり、そのことに惑うように震えたのは、オリエッタの方だった。

「――あなたは」

僅かに色の引いた唇で、なにごとかを紡ごうとした、その言葉を遮ったのは、双方のどちらでもなく、突然鳴った玄関の呼び鈴だった。

「――！」

ぱっとアン・デュークが手を離し、顔をそむける。

（くそ）

やりにくい、と思いながら、大股で玄関に行き、無駄と思えるほど重い扉をあけて誰何の声を上げる。

「聖騎士、アン・デューク・マクバーレン様」

頭を垂れていた人の姿に、小さく息をついた。見覚えのある相手だった。

現国王の側近は、いつもの丁重な口調の上にまた馬鹿丁寧な敬いを乗せて、聖騎士である彼に対し、正式な謁見の儀の前に、出来る限り早く国王のもとに来ていただきたい、と囁いた。

「それは、個人的に？」

アン・デュークが眉尻を下げて問うと、側近は言葉少なに頷くことで返した。

「参ったな」

頭を掻くその顔はけれど、このことをある程度予測していたようだった。

背後に駆け寄ってきたオリエッタが声を上げる。

「どういうことです⁉　国王と聖騎士の謁見の儀はまだ……！」

「だから、その前に」

アン・デュークは飄々と肩をすくめて言った。

「僕と彼の、個人的な話、ってやつさ」

彼、というそれが誰のことを指したのか、オリエッタは一瞬わからなかったようだった。無理もない。この国で、我らが王を、その側近の前で「彼」と呼ぶ人が何人いるだろう。

その事を咎められる暇もなく、アン・デュークはひらりと手を振った。

まだ掃除の布の切れ端を持ったままのオリエッタに。

「自分の屋敷って気にはまだなれないから、別になにをしていてもいいけど、そこらに当たり散らして怪我をすることだけは勘弁してくれ。もちろん、いてくれと強要もしない。それじゃあ、ちょっと行って来るから」

それだけを伝えて、アン・デュークは側近よりも先に立ち、大きな屋敷を出た。

オリエッタはその玄関先でいつまでも、途方に暮れたようにたたずんでいた。


現王は名君として誉れが高い。内乱が続き、荒廃しきっていたレッドアークを一代で立て直した偉大な王として知られている。

くすんだ灰色の髪を隙間なくなでつけた彼は、灰髪の王とも呼ばれる。大きな玉座は彼に、あまりに似合っていた。

国王への謁見は、もちろん非公式なものだった。大臣はおろか、近衛《このえ》の兵士も、側近さえも下げさせて、静まりかえった謁見の間、玉座に座った灰髪の国王と、その数段下に膝をついたアン・デューク。

王国レッドアークの君主はいつものように深い皺の刻まれた顔に、低い声で命じた。

「……顔を上げよ、アン・デューク・マクバーレン」

頭を垂れた騎士はその言葉には従わず、顔を伏せたまま王家と旧知の間柄であるマクバーレン家の末子として答えた。

「此度《このたび》の栄誉、マクバーレン家にとってもこの上なき幸せ——」

しかし国王はより低い声でその言葉を遮った。

「もう一度言う。顔を上げよ、アン・デューク・マクバーレン」

アン・デュークは答えず、動かない。

息がつまるような沈黙のあと、動いたのは国王だった。音を立てて玉座から立ち上がり、乱暴な靴音を立てて踏み出すと、アン・デュークの首根を掴んで力任せに引き上げた。

「その顔を上げよと言っている！　アンディ!!」

小さな子供のように強制的に顔を上げさせられると、額にこれ見よがしな汗を浮かべて言った。

「だ、だって国王、声からしてどう聞いても怒ってるじゃないか。おっかなくて顔なんて……」

その情けない返事に、国王のあいた手が、今度は胸ぐらを掴んだ。

「黙れ！　貴様何度も騎士団の入団テストをのらりくらりとかわしておいて、今更聖騎士とはなにごとか！　ああ亡きマクバーレンが草葉の陰で泣いているぞ！」

「そ、それは嬉《うれ》し涙《なみだ》かなぁ……」

「アンディ！」

雷のような王の一喝が落ちた。アン・デュークは両手を上げて、嘆くように国王へと申し開く。

「悪かった、悪かったって!! 国王、あんまり怒ると身体に悪いよ! だってそんなこと言えるかい!? もしかして、自分が聖騎士になるかも、だなんてさ!」

王がここまで怒る、その理由もわかるつもりだった。国の王である彼の前に現れた待望の聖騎士が、もう十年以上付き合いのある少年だと知ったら、どういうことだと叫びたくなるのも当然のことだ。

だから国王には会いたくなかったんだ、とアン・デュークは心の中で散々に嘆いた。

その様子に、国王は万感を込めて目を細め、放り投げるようにアン・デュークの胸ぐらから手を離し、玉座へと戻った。

「……本当に聖騎士となったのか」

目を伏せて言う、ため息に混じるその言葉に、アン・デュークは自分の頰を掻いて、曖昧に笑うことで答えた。

慎重に、若い彼なりに、国という荷を背負った相手の心中を慮《おもんぱか》り、言葉を返すことは控えたようだった。

国の王は額を押さえる。

「何故、今なのだ。何故お前なのだ。お前は一度も、そのようなことを口にはしなかったはずだ」

国王が滲ませたのは、喜びでなく困惑だった。国のどの少年が、聖剣の主となったとしても彼はこんな表情を見せなかっただろう。あるいは、どんな騎士でさえも。

この灰髪の王とアン・デュークの、極めて非凡な関係性が、今の会話をつくっているのだと双方は了承していた。

それでも、だからこそ、聖騎士となった彼は王の言葉に応える術を持たず、代わりに気になっていたことを尋ねるにとどめた。

「……ねぇ、兄貴達はなにか言ってた？」

それは、ずっと気に掛けていたことだった。

聖剣を抜いて聖騎士になり、それ以降は全て神殿の魔術師達に任された。兄達や母に報告する暇さえなく、また頼み込んでその暇を作ろうともしなかった。

灰髪の王は不機嫌そうに鼻を鳴らし、吐き捨てるように言った。

「もちろんどちらも血相を変えて飛び込んで来たわ。ジルにもシャン・ドールにも黙って聖騎士になったのだろう」

薄情者が、となじるその言葉を、三兄弟の末弟はつま先を見ながら聞いた。厳しい長兄の顔を、端麗な次兄の顔を、思い浮かべるだに、確かに自分は薄情者だと思った。

けれど顔を上げる時には、彼はもう笑っていた。

「やだなぁ、ちゃんと言ったよ。洗礼を受けさせてくれ、ってさ。一人であの剣の元まで行けるわけがないだろう？」

兄貴達のおかげさ、と言うアン・デュークを、灰髪の王は睨むように見つめて言った。

「どちらも貴様を、心配していたぞ。言え、何故今、剣を手にした」

「別に……理由はないよ」

アン・デュークはとぼけるように明後日《あさって》の方を見て言った。灰髪の王は押し黙り、アン・デュークの心の内を見透かそうとするかのように、視線を強くした。

儀式として互い顔を合わせれば、その時は二人とも、今のように会話が出来るわけがないとわかっていたから、アン・デュークも半ば急《せ》くように言う。

「ねぇあの、剣の巫女ってやつは、一体なんだ？」

その問いに王は僅かに眉を寄せ、それからなにかに気づいたように腰を浮かせた。

「……お前、まさか」

「誤解しないでよ！　あの子に惚れて聖騎士になったわけじゃない！」

それ以上言わせまいと、アン・デュークが叫ぶ。その言い分を信じたのか信じなかったのか。灰髪の王もまた、彼と同じように明確な答えを避けて、言った。

「……巫女はアンディ、お前のものだ。好きにするがいい」

その言いざまにアン・デュークは憤りをあらわにする。

「だからそれがおかしいって……」

「だが」

アン・デュークの言葉を遮る、国王の言葉は、これまでのどんなものより低く、深く、そして重かった。

「覚悟しろ、聖騎士アン・デューク」

彼は言い放つ。国王として。アンディという名の少年ではなく、アン・デュークという名の聖騎士に向けて。

「お前は既に、お前だけのものではない」

その言葉にも、アン・デュークは驚くようなことはなく。

ため息をついて、曖昧に、困ったように笑っただけだった。


剣とはなんなのだろう。

アン・デュークは、静かな寝台、真新しいシーツの上に寝そべりながら、天井に手を伸ばし、自身の手の甲を眺めながらそんなことを思った。

聖剣は伝承であり、象徴であり守り神でもある。それらのことは皆知っていたけれど、もっと根本的に、剣とは、自分にとって、なんだったのか。

長兄の迷いのない剣は重いと思う。

次兄の迷いのない剣は美麗だと思う。

そこに違いが出るのは、そのまま持つ者の意識の違いだろう。だとすれば、自分にとっての剣とは、なんだったのか。

いくさに出たことがない自分は、争いについて、知らないことの方が多いのだろう。血は水よりもぬるい。独特の匂いがあり、粘度が高い。浴びた印象といえば、それくらいだ。

父に連れられ、幾度か、獣を斬ったことがある。狼《おおかみ》、鳥、熊、牛。魔に近しい生きもの。どれもひどくあっけなかった。

意図して人を斬ったことはまだない。

けれどなにが違うだろう。獣と人。血はやはりぬるく、匂いを放ち、粘度が高いだろう。同じだ。

父も兄も、その違いを教えてはくれなかった。誰なら教えてくれるのだろう。なにが違う？

獣を斬る時はあっけなかった。

だから、人を斬る時もまた、あっけないのだろうと思う。虚勢ではない。そのあっけなさに、怯えているのだから。

ずらした視線の先にある聖剣はもうなにも言わない。あれほど長くアン・デュークの耳に届いていた声は、柄を手にした瞬間に霧散した。

それをさみしいとも思わなかったし、清々したとも、思うことはなかった。まるで、剣そのものが自分と同化してしまったかのようだった。

（英雄）

剣は自分を、そう呼んだ。

戦いの生。人を斬り、生きる。その生き方を英雄と呼ぶのなら。

それは、狂人と、どれほどの違いがある言葉なのだろう――……。

聖剣を抜き聖騎士となり、聖女と財と家を与えられ国王からは覚悟しろとおどされた、その数奇さについて思いをめぐらせる。そして今、安穏と寝そべっている自分の不甲斐《ふがい》なさを叱咤《しった》した。

（なにをしてるんだ？）

と自分の手と、見慣れない天井に問い掛ける。

（俺はさっさと行動を起こすべきだ）

愛情深い兄達が殴り込んでくるのではないかと思った、けれど今日はこの屋敷には現れなかった。二人とも、王の元には向かったようだが。

彼らは自分になにを言うのだろう。聖騎士になれなかった勇敢な二人は。

明日以降になれば、顔を合わせないわけにもいかなくなる。それが自分にいい結果をもたらすとは、アン・デュークには思えなかった。

その前に、手を打たねばならない。

躊躇っているのかと、また自問する。この期に及んで。

躊躇いはない。

ただ、気に掛かっていることはある、と胸の中だけで答える。誤魔化しても仕方がない。これまで未練じみたもののなかった自分に、気がかりが生まれたとするならば、『剣の巫女』と呼ばれた、彼女のことだ。

黒い髪と、宝石のように深く黒い瞳をした、あの、不自由そうに生きる少女のことだ。

彼女は結局、アン・デュークが聖騎士の屋敷に戻っても、まだ怒ったように黙って、侍女のような仕事をしていた。

（なにを考えているんだか）

気にはなる。気にはなるが。

（考えるべきじゃない）

これから自分はたくさんのものを手離すのだから、出会ったばかりの彼女のことなんて、見なかったことにするしかない。

そう思った、次の瞬間だった。

ドアを叩く音に、驚いてベッドの上で身体を持ち上げる。

「はい？」と、うわずった声で返事をすると、ドアを開けて中に入ってきたのはオリエッタだった。今同じ屋根の下にいるのは彼女だけなのだから当然とも言えたが、アン・デュークは大いに困惑した。

「どうかした？」

なにか不都合があったのかと思う一方で、嫌な予感もした。その嫌な予感が当たらないでくれと願う間もなく。

オリエッタは黙ってアン・デュークの寝台に近づき、すぐそばに腰を掛ける。

硬直している彼の胸に小さな手を当てて、静かに言う。

「聖騎士さまのよき眠りのために、祈りを」

ランプの光がオリエッタを照らし、薄い夜着に包まれた身体の線を薄く透かした。

アン・デュークは頬を引きつらせて、（寝られるか！）と心の中だけで彼女を罵倒した。

反射的に、細い手首を摑んで己の胸から外した。明確な理由はないが、心音をさとられることは得策ではないと思った。

オリエッタの手首の冷たさが、一瞬頭にのぼりかけた熱を冷やし、彼女に向かって、意志を表明するように手のひらを突きつけて言った。

「……部屋に戻れ」

もっと言うべきことはあっただろうが、それ以上の言葉を探す余裕がなかった。

けれどオリエッタは言葉に従わず、突きつけられた手を両手で包み、アン・デュークに対し自らが行ったように、白い夜着の胸元へと引き寄せた。

オリエッタの指先は冷たかったが、夜着を通して伝わる胸の熱があった。同じ身体から伝わるその温度差は、アン・デュークの思考をひどく乱す。ひとさし指の腹が、開いた衿《えり》から覗く鎖骨に触れ、触れ合う肌にすいつくような磁力を感じた。血管が浮かぶほど白い首筋を無意識に視線がたどり、アン・デュークは小さく喉を鳴らした。

手を振り払うことが出来なかった。余分な肉の少ない彼女の身体でも、そこには確かなやわらかさがあった。

「この身はあなたのものです」

オリエッタの声に熱はなかった。少なくとも、その身体に宿すような温かさは、なにも。

「部屋に戻れ」と、アン・デュークは繰り返し、精一杯の自制心でオリエッタの身体を押した。

オリエッタは反対にひどく凪いだ目で、俯いたアン・デュークを見下ろした。

「騎士に安らぎを与えるのがわたくしの務めです。何故、わたくしを拒まれますか？」

「あのね」

「やはり、子供の出来ないような女ではご不快ですか。それとも、こんな貧相な身体では」

「黙れ！」

アン・デュークが強い声で言い、顔を上げた。ままならない自分の衝動にぶつけるように、怒りもあらわに言う。

「むしろ俺が聞きたいよ！　俺のことが嫌いな子を、どうして自分のものだと思える⁉」

対するオリエッタは、眉ひとつ動かさず、これまでと同じように冷たい声で言った。

「騎士さまの、のぞみのままに」

アン・デュークはその言葉にゆっくりとした動作で手を引き、あぐらをかいて、額を押さえて俯いた。

「……俺を憎んでるのか。蔑んでるのか。なんでそんな目で見て来るんだ。俺になにをして欲しいんだ」

オリエッタの黒い瞳は空洞のようだった。深く果てのない、底なしの穴のようだった。それと目を合わせることは苦痛以外のなにものでもなかったし、気を抜けばその暗渠《あんきょ》に吞まれてしまいそうでもあった。

「あなたに、なにをして欲しいかって？」

オリエッタが聞き返す。その空虚な黒い瞳が、ほんの微かに揺れ、自分の思考を遮るように素早く立ち上がった。

そして、きつく拳を固めて、一度あえぐように呼吸をしたあと、囁くように、言う。

「では逆にお聞きいたします。聖騎士さまは、心の奥底で、あなたを憎む自由さえ、わたくしに与えてくださらないのですか」

その言葉に、驚いてアン・デュークが顔を上げる。オリエッタは目を伏せ、アン・デュークに薄く笑いかけた。

「……おやすみのお邪魔をしてしまいました。どうぞ、よき夢を」

そのまま幽霊のように音のない所作で部屋から出て行く背に、アン・デュークは掛けるべき言葉を見つけられなかった。

音もなくドアが閉まる。

一人残されたアン・デュークはベッドの上で、しばらくの間呆然と座っていたが、やがて舌打ちをひとつ。

大きく腕を広げて寝転がると、「くそったれ」と、枕を投げて。

(躊躇うな)

もう一秒も待つことはない、とアン・デュークは身を起こし、自分の夜着を脱ぎ捨てた。

服は旅の装いに。荷物は既にまとめてある。ほんの僅かに迷ったけれど、重い聖剣を手にとった。

「もしもまだお前に声があったなら」

暗がりの中、口元に浮かぶ苦い笑み。彼は静かに囁いた。

「この英雄を、なんと言って、なじったんだろうな」

答えは返らない。そのまま、彼は部屋をあとにする。足早に、屋敷の扉を開くと、馬小屋に。

「やぁ」

目を細めて、挨拶をしたのは甘く濡れて光る馬の瞳に向けて。それはアン・デュークの愛馬だった。

神殿の人間に頼み、愛馬だけは、マクバーレンの屋敷から連れて来てもらっていたのだ。

「行こうか」

応えるような、軽いいななき。その陽気さをなにより気に入っていたし、旅のともとしてこれ以上のものはないとも思っていた。

栗毛《くりげ》の相棒を月の下に連れ出せば、背後から、アン・デュークを呼ぶ声がした。

「聖騎士さま！」

馬の鞍《くら》に荷物を掛けていたアン・デュークが手を止める。

「どこへ行かれるのですか」

荒い息のその声にゆっくりと振り返り、「風邪を引くよ」と優しい声で剣の巫女へと言った。

薄暗い月明かりの中でもわかるほど、顔面を蒼白《そうはく》にしたオリエッタはまだ、薄い夜着のままだった。

「どこへ、行かれるのですか」

上下する自身の胸元に拳を当て、もう一度尋ねて来る。

アン・デュークは笑った。

「行き先は決めてない」

嘘ではなかった。だからこそ、その言葉は残酷に響いた。

「わたくしが出て行きます！」

オリエッタが顔を歪め、叫ぶように言った。

「わたくしをご不快にお思いになるのでしたら、わたくしが……」

けれど、アン・デュークはやはり優しく笑い、軽やかな慣れた動作で、馬にまたがる。

「君は、君の行きたいところに行けばいい」

そして手綱を握り、月を背にして言った。

「僕の命令ならば聞けるっていうなら、これが最初で最後の命令だよ。……僕を追うな。

そして普通に生きて、幸せになるんだ」

オリエッタの顔が歪む。その歪みはそのまま、彼女の生き方の歪みであり、巫女という馬鹿馬鹿しい器の歪みだろうとアン・デュークは思った。

彼女は未だ鳥籠の鳥のようだった。だからこそ、続く言葉は、あまりに予想通りだった。

「出来ません」

震える声は、いじらしいほどだ。

馬上からオリエッタを見下ろすアン・デュークは、なにかを迷うように歯を擦り合わせ、それから、浅いため息をひとつ。

諦めたように、静かな笑顔で、そっと片手を伸ばした。

自分の甘さに辟易《へきえき》しながら。

「……一緒に来るかい？」

この国から出て行くことは決めていた。それはもう彼にとって覆しようのない結論だった。

いつかこの日が来るとわかっていた。最初は聖剣さえ、置いて行くつもりだった。生まれを捨て、剣を捨て、この国を捨て。

新しく生き直すつもりだった。

面倒なことになるとわかっていながら、聖剣をとったのは、行きがかり上の都合のような、目の前の少女への同情だった。馬車の事故と同じようなものだった。

あの日、出会い、乗り掛かった船だ。それなら。

共に行くかい、とアン・デュークは言った。

「君も行くところがないっていうなら。聖騎士と巫女じゃなくてさ、単なる旅の同行者から。そこから始めるのなら、僕達には、もっと別の、出会いがあったんじゃないか」

あまりに感傷的なアン・デュークの言葉に、オリエッタは、黒い瞳を震わせた。月の光が、そのまつげに反射して、まるで涙のようだった。

「……出来ません」

乾いた唇も。濡れた瞳も。熱に浮かされたように、オリエッタは繰り返した。

「この国を」

強く拳を握り、血が滲むほど手のひらに爪を立てて。

「愛しているから」

あまりにむなしい言葉だった。嘘もここまで空虚であれば、信じなければ哀れなほどの。

彼女がどれだけ長い間、そんな風に育てられて来たのか。自分を殺し、愛せと教えられていたのか、わかるほどに。

その答えに息をついて、目を逸らすように遠くを見た。

「……君と、仲良くなれなくて、よかった」

そして馬上で、傍らに結びつけた聖剣をなでる。

「こいつはうるさくて、いつか迎えに行かなきゃいけなくなるって、わかってた。こんな迷惑なものは、ない方がいい。最初から騎士なんて向いてないんだ。この国を出て、なにがあるかわからないけど、商人にでもなって、おもしろおかしく暮らすよ」

商人に向いている、と言われたあの言葉を鵜《う》呑《の》みにするわけではないけれど。そうだったらいい、とアン・デュークも思うのだ。

そうだったらいい。そうでなくても、生き方ぐらい、自分で決めてもいいはずだ。

「だから君も……新しい生き方を、見つけてくれ」

おだやかなその言葉に、オリエッタは唇を噛み、つま先で地を踏みしめた。黒い瞳に浮かぶ、光が、涙ではなく炎のように、性質を変える。

「……逃げるの」

言葉が低く、震える。その震えは、一瞬前とは全く違うものだ。

黒い瞳に強い光を浮かべ、踏み出すと、つらぬくように厳しい言葉で言い放つ。

「あなたはこの国で、幸福に生まれ、愛されて育ち、それだけの力を持っていて、剣にも選ばれて。それなのになにひとつ成さず、なにひとつ守らず、この国から逃げるというの⁉」

激情のような投げ掛けだった。聖騎士の無責任を、許さない、と巫女は断じた。傲慢に、壮絶に。彼女の言葉は、それ以上に瞳は、ひとつの意志を告げていた。

このまま逃げるなんて、許さない。

それは、そのまま、彼女の長い苦しみへの報復のようにも思えた。

けれど、アン・デュークはオリエッタに向き直り、怒りに燃える相手とは対照的にひどくおだやかな瞳を揺らして、呟くように、言った。

「じゃあ、この国を守って……そうして君も、俺に人を殺せというのか」

その言葉に、オリエッタは虚を突かれ、目を大きく見開いた。けれどアン・デュークが凪いだ目をしたのは一瞬のこと、すぐに軽やかに笑って言う。

「すまないね。もう、人の話を聞くつもりはないんだ。この剣も聖騎士も、この国には歪みで、最初から存在しない方がいいものだと、僕は思う。これからこの国をよろしく、とは言わないよ。そんなのは君の仕事じゃない。大丈夫さ、ダンテスはいい国王だ。僕のことは頭の血管が切れるほど怒るだろうけど、それを君にはかぶせたりしないはずだ。彼さえいれば、この国は安泰だよ」

滅多に他者が口にすることはない、国王の名を、気安くアン・デュークは呼んだ。目を細めて、続けて言う。

「そうだ、王子付きになるのがいいかもね！　ディアは父親に似て頑固で真面目な国王になると思うんだ。母親がいないのは可哀想だから、君が」

「ご存じないのね」

オリエッタが遮るように言った言葉は、軽蔑のような響きだった。軽々しく国王の名を呼び、国家の未来を楽観する聖騎士に。

「この国は安泰？　――……なにも、知らないくせに」

蔑むような視線で、声をひそめて。

オリエッタは、選ばれし巫女だけが知る、ある秘密を告げた。

「この国の王子、クローディアス殿下は」

今は亡き王妃の忘れ形見。世継ぎの王子は。

「呪われた、動かぬ四肢を、お持ちです」

手綱を握ろうとしていた、アン・デュークの手が止まる。

ゆっくりと、振り返る。

「――なんだって？」

それまでずっとおだやかだった、彼の顔から、表情が消えた。

日が昇るのを待ち、王城に向かったアン・デュークは王の執務室にまで踏み込んだ。後ろにはぴったりとオリエッタが付き添っていたが、彼女を振り返らず、灰髪の王だけを見た。

「……なにごとだ。謁見の儀は夕方であろう」

王は既に机に座り、仕事を始めていた。

「聞きたいことがある。王子のことだ」

王は手を止めた。だが、その顔が上がることはなかった。

「王子の誕生からどれだけ経ったと思っている？　確かに今は喪に服すべきだ。けれど、王子の誕生は、もっと国民から祝福されるべきじゃないのか」

机に両の手をつく。

「何故、王子のことを、国民に隠しているんだ」

本来であれば、聖騎士と同じように、国の民に祝福されるはずだった。聖騎士と巫女、そして世継ぎの王子が一堂に民の前に現れれば、この国にとってどれほど晴れがましい日となるだろう。

けれど、王妃が死してからも、王子は決して民の前には現れない。

強く問いただしても、国王は口を割ることはなく、鎌を掛けてものってくることはなかった。

「本当なのか。……ディアの、四肢が、動かないというのは」

押し殺した声で、アン・デュークが問う。

ディアというその名は、王妃が、生前、生まれてくる子を想《おも》って呼んだ愛称だった。

重苦しい沈黙ののち、ようやく国王が口を開いた。

「……手足は治る。治してみせる」

それはアン・デュークの問い掛けとは噛み合わない答えであったが、それだけに強い、王の決意が感じられた。

「この国の王子は、次代の王は、一人だけだ」

血を吐くような言葉だった。

灰髪の王と呼ばれる彼は、玉座についても長く妃をとらなかった。それというのも、彼が王位を継いだ時、国の荒廃があまりに進んでいたからだった。一代だけで、この国を立て直した名君は、五十を前にして年の離れた王妃を娶《めと》った。二人は仲睦まじい夫婦で、王妃は生まれつき身体の強い女ではなかったが、王は第二妃を迎えるようなことはなかった。

美しい人のことを、アン・デュークは覚えている。

初めて出会ったのは、父に連れられて行った王城の一室だった。

『貴方《あなた》が、末の子ね』

抱き上げようと手を伸ばされた、それを少年だった自分は拒絶した。

『もうそんな子供じゃないんだ。それから、末の子って名前でもない』

全く子供じみた主張だったと、思い出す度に恥ずかしくなる。けれど彼女はその言葉に、愉快そうに微笑んだのだ。

彼女には少女のまま時を止めてしまったような愛らしさがあった。色素の薄い、金の髪と緑の瞳。花のかおりのする人だった。

『なにを見ているの、アン・デューク』

問われてアン・デュークは窓の外を指した。そこから見える中庭で、話す二人の影があった。彼の父親と、そして灰髪の国王だ。

『父上と王様はおかしいと思う』

『おかしいって？』

『話す時は相手の目を見るべきだ。王妃様とうちの母さんはそうやって話すだろう？』

その言葉に、彼女は驚き、それから笑った。

『そうね、陛下にも、そんな相手がいてくれたら……少しは心が、慰められるのかも知れない』

遠くを見るような、憧れのような、その言葉。今ならばわかる。その時彼女は既に、自分の未来が長くないことを、自覚していたのだと。

『ねぇ、アン・デューク、貴方にお願いがあるのよ』

その「お願い」は、全くひどい無理難題だった。

『貴方は——陛下のお友達になってくださるかしら』

彼女が子供を身ごもった時、国の医師は誰もが出産を止めた。出産に掛かる負担が、彼女の命を縮めるであろうことは明白だった。

寝台に横たわる彼女の元を、一度だけ、アン・デュークも訪れたことがあった。

名前はもう決めている、と王妃は言った。

『——王子であればクローディアス。王女であればクローディア。どちらも、ディアと、呼んであげてね……』

大きなお腹を横たえ、あまりに消耗しきったその姿に、何故子供を産むのかと、アン・デュークは聞いた。

『……私は唯一無二の陛下の妃。そしてこの国の、母となるのよ』

青い顔でそれでも笑った、彼女の強さを。この国王が、知らぬわけがなかった。

王はその灰の瞳でひたとアン・デュークを見据え、有無を言わさぬ強い口調で言い放つ。

「聖騎士アン・デューク。お前は、自分の成すべきことがわかるな？」

アン・デュークは強く奥歯を噛む。そして口には出さず、自分の甘さを悔いた。

この国は大丈夫なのだと、ダンテスと王子がいれば、妃がいなくとも、聖騎士がいなくとも、やっていけると思っていた。二人の子供だ。王子は聡明に生まれ、父を見習い、この国を継ぐのだろう。

父と同じ、健常な身体があれば。

王子の不幸について、王はこれまでなにも言わなかった。そのことを、一人の民でなく、騎士としてでもなく、友として、アン・デュークは悔しく思った。

その一方で、国王が彼に告げなかったのは、なにかを意図したことなのではないかとも思えた。

王妃と交わした少ない言葉を、まだ覚えている。

『優しい子ね、アン・デューク』

『優しさじゃない。俺は、ひどくて、臆病なだけだ』

アン・デュークは本当は、騎士になどなりたくなかった。そして唯一そのことを口にしたのは、王妃に対してだけだった。だがそれを、国王もまた知り得たのではなかったか。

お前は、聖騎士はこの国のものだと言いながら、暗澹《あんたん》とした国の未来を教えないことで、最後の、逃げ道を、細い細い逃げ道を、彼に与えたのではなかったか。

うなだれ、強く拳を固めるアン・デュークに、国王は追い打ちを掛けることはなかった。王の執務室は重く静まり返っていった。

そこに、微かに響く声があった。

「……王になることだけが、子の、役割ですか？」

二人が振り返る。後ろに下がり、聖騎士と国王を見つめていたオリエッタが、白い頬をより白くし、震えながらも、凛とした声で言った。

「決して我が子をお抱きにならない国王さま。動かぬ四肢の王子を不幸と嘆く聖騎士さま。……王になること、それだけが、あの小さな子の、幸福なのですか」

あまりに静かで、あまりに苛烈な、それは糾弾だった。黒い瞳を怒りで燃やし、オリエッタは国を動かす二人を見た。そして巫女としてではなく、生涯子供を産むことのない一人の女として、二人の男に言ったのだ。

「あなた方は、愛されるために生まれて来た子を、なんだと思っていらっしゃるの」

赤い唇を結び、腰を折る。

「わたくしは、下がらせていただきます」

答えを待たず、部屋を出て行くオリエッタ。アン・デュークは呆気にとられながらも、その背中を追おうとしたが、足を止めて振り返る。

「……国王」

呟くように呼んだが、国の王は仕事に視線を戻す。その無言を、答えとするかのように。

アン・デュークは一瞬唇を曲げ、戸惑いながらも、オリエッタを追って部屋を出て行った。

残された灰髪の王は、扉が閉まると浅いため息をついて、立ち上がり、執務室の窓から外を眺め、そうして一人、呟いた。

「聖騎士には、剣の巫女、か……」

それはただの、儀礼だけのものではないのかも知れないと、彼は思い始めていた。

城を出て行くオリエッタの足は速かった。アン・デュークが焦りもあらわに小走りで追いつくと、彼女の白かった頬は微かに紅色に染まっていた。

「どこへでもお行きになるといいわ」

前を見据えて足を止めずに、オリエッタは言う。

「でも、あなたはこの国を捨てることは出来ない」

託宣でも告げるように、巫女は断ずる。

「どこへ行こうと、あなたは、この国に戻って来るのよ」

「君の元に？」

その軽口のような言葉に、オリエッタは足を止め、きっと睨みつけた。怒りに震える
その表情は、アン・デュークに鮮烈な驚きを与える。
彼は初めて、彼女と向き合って話しているような気になった。
それもつかの間、オリエッタはまた前を向き、猛然と歩き出す。
三つ編みが跳ねるような歩調だったが、小柄な女性のものだ。追いつくのは容易だっ
た。並んで歩きながら、アン・デュークは言う。
「国王とは友人なんだ」
聞く者が聞けば仰天するような言葉だったが、オリエッタの歩調を止めることは出来
なかった。アン・デュークは続ける。
「僕は、国王の唯一の友人、のつもり。そうなってくれって、王妃に頼まれた」
「ですから？　だのに国をお出になるの？　だから聖騎士になったの？」
糾弾の声にアン・デュークはばつの悪い顔をして。
「聖騎士になったのは……成り行きだけど、ずっと国は出るつもりだった。そもそも、
騎士にはなりたくなかったんだ」
彼がその気持ちを口にしたのは、生涯二度目だった。
一度目はこの国の亡き王妃に。そして今は、国を預かる巫女に。罪を明かすように、
彼は言う。

「正直に言う。俺は、剣を握るのが怖いんだ」

僅かだったが、オリエッタの歩調がゆるんだ。

「騎士なのに？」

オリエッタの純粋な疑問に、アン・デュークは苦笑した。

「だから騎士が嫌だった」

両手を頭の後ろに、大股で歩きながら、軽やかに呟いた。

「たとえば自分の家族が殺されるのは嫌だ。同じように、違う国の誰かが嫌がることは、したくない」

「でも、守らなくちゃいけない時はあるのではなくて？」

オリエッタは歩きながら、目を伏せて言った。対するアン・デュークの答えはやはり、軽やかだった。

「だから、守るものなんて、つくりたくなかった」

「やっぱり」と、オリエッタは歩調を早めて、吐き捨てるように言って見せた。

「あなたは逃げるのよ」

その言葉の強さと清々しさに、アン・デュークは加えて歩調を早め、不機嫌な顔を覗き込むようにして言った。

「オリエッタ」

突然名を呼ばれた驚きに、僅かに、彼女の歩みが乱れ、伏せていたまぶたを上げた。

アン・デュークは優しく柔らかな声で尋ねる。

「君、家族は？」

「……いません」

小さな答えは、予想の範囲内だった。帰る場所を持たないのだろうという漠然とした予感があった。非礼と知りながら、アン・デュークは追及をやめない。

「いないっていうのは？」

その不躾《ぶしつけ》さに、オリエッタは苛立《いらだ》ちを滲ませながら、視線を逸らして言った。

「孤児院で育ちました。巫女候補として召し上げられる時に、孤児院には多額の報奨金が支払われています」

浅く、胸を上下させる。しづらい息にあえぐように。

「金で売られたとは、思っていません。育てていただいたご恩を返したまでです」

「そうか」

アン・デュークの答えは息を吐くように軽やかだった。それ以上の感想は口にせず、重ねるように聞いた。

「この国は好き？」

オリエッタが眉を寄せる。

「当たり前です」

「なら、どうしてこの国に愛されていると思えない？」

不意打ちのような言葉に、オリエッタが顔を上げる。アン・デュークはその目を真っ直ぐに見つめて、早口で言った。

「巫女の魔力ってのがどれくらいすごいのか、僕にはわからない。でも、君は可愛《かわい》く、食事も上手い。そうしてなにより、あの顔の怖い国王を叱りつけるような、強い心を持っている。それなのに、どうしてそんなに一人きりのような顔をしているんだい？」

あの夜、「必要とされているのに」、とオリエッタはアン・デュークに言った。その言葉はそのまま、彼女が自分を、必要とされていなかったと思っていることを指摘するようでもあった。

説いて聞かせるように、柔らかな口調で、アン・デュークは言った。

「世界の全てが君の敵じゃない」

オリエッタが言葉を返す前に、アン・デュークは続けた。自分の胸に手を当てて。

「俺は、君の敵ではない」

オリエッタの表情の変化は、劇的ではなかった。僅かに眉を上げ、そしてひそめ、振り払うように歩調を早めた。答えは、硬い呟き。

「信じられません」

オリエッタに置いていかれる形となったアン・デュークは一人足を止め、立ち尽くし、その背中を見ながら言った。

「……どうしようかな」

途方に暮れた子供のようにそう言うと、なにかを諦めるように、息をついた。

「――俺は、どうにか、したいのか」

こんなはずではなかったのにと、心の底から悔やむようにして。


屋敷へと戻ったオリエッタと、アン・デューク。二人を迎える、ひとつの影を見つけて、オリエッタは足を止め、同じようにアン・デュークも立ち尽くした。

「……久しいな、アンディ」

「シャン兄……」

小さく笑う、その姿に、アン・デュークが囁くように名前を呼んだ。そこにいたのは、すぐ上の兄、シャン・ドールその人だった。金の巻き毛をひとつにまとめ、腰には、鞘に入る、二本の剣。

シャン・ドールは真っ直ぐに、オリエッタに向かい礼をした。

「ご挨拶させていただきます。聖剣の巫女、オリエッタ殿。私はシャン・ドール・マクバーレン。聖騎士となっても生家に顔さえ出さない愚弟が、失礼をしているのではないかと」

「……ごきげんよう」

とだけ、オリエッタは答えた。挨拶と言うには、あまりに剣呑《けんのん》すぎる騎士の気配を汲《く》んだ結果だった。

「兄貴……」

アン・デュークはひどくばつの悪い、苦い顔で一歩踏み出した。

しかし数歩も行かぬうちに、シャン・ドールが剣を引き抜き、その刃を目の前に突き立てる。そして、剣のように鋭い声で、一喝した。

「剣を取れ。アン・デューク」

地に刺さったマクバーレンの真剣を、アン・デュークは目を細めるようにして見た。

その異常な空気に、踏み出したのはオリエッタの方だった。

「お待ちになってください！　何故、このような……!!」

「お下がりください、オリエッタ殿！」

声を上げようとしたオリエッタを、より強い声でシャン・ドールは制した。

「これは我が兄弟の問題なのです。この半人前が聖騎士の冠を戴《いただ》くなど、到底許すことは出来ない！」

騎士の言葉は怒りよりもっと真っ直ぐな衝動に燃えていた。彼の中の正義が、弟になにかを教えるために決闘を申し込もうとしている。

けれどそれは無為だと、アン・デュークは思ったし、またオリエッタも同じく思ったようだった。

たった今アン・デュークを糾弾したのと同じ厳しい口調で、聖剣の巫女は言いきる。

「あなたがどう思おうと、剣はこの方を選びました」

剣を握る騎士にも臆することはなかった。その言葉に、シャン・ドールは一瞬逡巡し、けれど強く視線を返した。

「それでも、騎士の冠を戴くならば……誰がどう許そうと、私は、兄として、この状況を認めるわけにはいかない」

「それは、あなたの、わがままだわ。シャン・ドール・マクバーレン」

オリエッタは小さな身体で、それでも毅然と胸を反らし、いくつも年上のシャン・ドールに向けて、傲慢をいさめるような言葉を告げる。

巫女の勇姿を、シャン・ドールは目を細めて見た。まぶしげなその顔が、アン・デュークによく似ていた。

「……わかっております。けれど、どれほど、愚かしく、無様であろうと……。これは、私の誇りの問題なのです」

そしてシャン・ドールは自分の弟に向き直る。

「剣を取れ。アンディ。これが私が教えられる、最後のことだとわかってくれ。お前の臆病さと優しさを、ここで捨てろ。私を……殺すつもりで打ち掛かって来い」

言われたアン・デュークは、途方にくれた子供のような顔をした。胸を痛めるような、ほんの少し、泣きそうな。

剣を教えてくれたのは、二人の兄だった。

理解出来なかったのは自分だ、と思う。彼らの騎士道を受け入れられなかったのは自分だ。けれど、その兄でさえ、と思わずにはいられなかった。

言わずには、いられなかった。

「……シャン兄は、なにも、わかっていない……」

「アンディ！」

かすれた呟きに、兄の叱責が飛んだ。日々の鍛錬で何度も聞いた、弟を奮い立たせようとする声だ。信頼。期待。愛情。温かいとされる、それらの発露。傲慢な愛情に満ちた声に導かれるように、ゆっくりとアン・デュークが動く。

「おやめください！　騎士さま、こんなことが、許されるわけないわ！」

すがるように言うオリエッタに、アン・デュークは痛みを堪える顔をした。

「シャン兄は納得しないだろう」

「あなたはそれでいいというの⁉」

母から子へ。叱りつけるような、巫女の言葉。けれどアン・デュークは振り返らず、呆然と自分の兄を見ながら呟いた。

「……いいわけがない」

呟きは小さかった。けれどそれは、決して嘘でも誤魔化しでもなかった。

いいわけがない。

「だけど、これが、騎士ってことなんだろう?」

静かな動作でアン・デュークの手のひらが、彼女の肩を押した。

オリエッタが驚きに目を見開く。

「そこで見届けてくれるかい、巫女殿。——俺が選んだものが、一体、なんだったのか」

そしてアン・デュークはシャン・ドールに向き直る。

「この勝負、謹んでお受けする。騎士、シャン・ドール」

そしてアン・デュークが剣を構え、そうしてそれに応えるように、シャン・ドールも同じ構えをとった。

よく見慣れた、アン・デュークの姿に、シャン・ドールは眼力を強める。

百年ぶりに聖剣を抜いたのはマクバーレンの末子だと聞いた時、シャン・ドールは驚嘆の声を上げた。信じられなかった。しかし、隣にいた長兄のジル・オーセはなにも言わなかった。

半信半疑のまま城に向かっても、聖騎士となったアン・デュークと会うことは出来なかった。また、弟の部屋があまりに片付けられていたから、彼が気まぐれでなく万全の用意をして、マクバーレンの家から出て行き、聖剣を抜いたことは明白だった。

よく見知った国王に対し、抗議をしたのは生まれて初めてのことだった。

感情のままにシャン・ドールは言った。

我が弟、アン・デュークは、剣を持つには優しすぎる、と。

それ以外の、複雑な思いを抱かなかったかと言われれば、即答は出来ない。聖騎士の冠は、騎士の誉れ中の誉れ。その剣を抜くのが、何故長兄でも、自分でもなく、末弟のアン・デュークであったのか。

けれど国王は、今のオリエッタと同じように、剣が彼を選んだのだと言った。

（そうなれば）

けじめをつけなければならない、とシャン・ドールは思った。アン・デュークはまだ、騎士団へと入団して騎士としての称号も受けていない。聖騎士の冠の前にそんなものは無意味であったとしても、自分が与えられるものがあるとすれば、これしかないとシャン・ドールは思った。

幼い頃から幾度となく剣を交わした。一度も、アン・デュークはシャン・ドールに勝ったことはなかった。

（この私から一本取ってみろ。アン・デューク）

シャン・ドールはいつものように、弟の隙をさぐった。

視線を僅かに動かして、シャン・ドールは不可解さに眉を寄せた。確かに構えは見慣れたもので、隙もまた。しかし。

何故かいつものように、打ち込むことは出来なかった。

（アンディ……？）

ふと、彼は、自分の弟が一体どのような顔をしていただろうかと思った。どのような目に、どのような顎のラインを……。

顔を窺うことは、出来なかった。

先に打ち込んだのはアン・デュークの方だった。

「…………っ!!」

つばとつばがぶつかり合う。

三度の剣戟《けんげき》は、これまでにない重さだった。

速さはあった。だが。

焦ることはない、目の前にいるのは、生まれた頃から共にあった、自分の弟だ――。

いつもより数段鋭い剣戟にも、シャン・ドールは冷静さを失わなかった。重い剣をはじき返し、距離を取る。

しかしすぐさまアン・デュークが詰めて来た。

アン・デュークの太刀筋には迷いがなく、そして容赦がなかった。

何度も繰り返される、剣の舞。そしてその合間に、シャン・ドールは確かに、アン・デュークの目を見た。

どれほど気合いの入った目をしているのか。真剣な、熱い視線を想像した。

けれど、それは間違いだった。

青い瞳は燃えてはいない。氷のように、金属のように、凍てついて。

その、見慣れた弟の瞳からシャン・ドールが感じたのは。

——冷たさと、それから、恐怖だけだった。


繰り返される激しい剣戟を、オリエッタは青ざめた顔で見つめていた。

(いいわけがない)

そうだ、こんな事が、許されるわけがない。

(剣を握るのが怖いよ)

アン・デュークはそう言っていた。その言葉と、今の彼の勇ましさは、決して矛盾はしないのだ。

オリエッタは足を踏み出す。

自分こそが、立ち向かわねばならないと思った。

——オリエッタの肩に触れたアン・デュークの手。その指先は、確かに震えていたのだから。

まるで、助けを求めるように。


「！」

右手の手甲を、アン・デュークの剣が強く叩いた。激しい痺れ、そして剣が飛ばされ、シャン・ドールは地に膝をついた。

「——っ!!」

口を開こうとした。しかし間に合わなかった。

振りかざされたアン・デュークの剣。そしてその、冷たい瞳。

シャン・ドールはその瞬間、確かに死を覚悟した。

せめて目を閉じることだけはしまいと見開いた視界に、とび込んできたのは、黒い髪だった。

シャン・ドールをかばい、座り込み、叫ぶ。

アンディ、という響きは、悲鳴であったのか、それとも。

そして。

時が止まった。誰もが喉を鳴らすことさえやめた。僅かな息づかいさえ、この場にかかった繊細な魔法をといてしまいそうで、心臓の音も静まりかえった。

アン・デュークの剣先は、微動だにせず、オリエッタの首筋、そのすれすれの近さで静止していた。

誰も動けなかった。アン・デュークも、オリエッタも、シャン・ドールも。

「……それで、しまいだ」

沈黙を破ったのは、その誰の声でもなかった。抜き身の刃を手で握り、持ち上げたのは、三人ではない、別の人間。

マクバーレン家の長兄である、ジル・オーセだった。

震えながら、アン・デュークの剣は下ろされ、そうして彼は、力尽きたように地に膝をついた。

「大丈夫ですか、巫女殿」

低く割れた声で、ジル・オーセはオリエッタに手をさしのべた。オリエッタは首を振ってそれを辞退し、膝をついたアン・デュークをいたわるように、傍に寄った。

「……気は済んだか、シャン・ドール」

長兄に問われたマクバーレンの次兄は、血の気の失せた顔で呆然と両手を地につけていた。

「兄、上……」

ジル・オーセは手をさしのべることはしなかった。

「シャン・ドールよ。お前には誇りがあるだろう。技術も気概もあるのだろう。しかしある一点で、お前とアン・デュークの剣には違いがある」

それはあるいは、心の違いなのかも知れない。

ジル・オーセは静かに自分の末の弟を振り返る。アン・デュークはオリエッタの肩に額を乗せ、ひどく憔悴《しょうすい》した様子だった。

この一戦、アン・デュークが操ったのは剣だけではない。彼の心そのものだった。

自身の末弟が聖剣を抜き、聖騎士となったと聞いて、シャン・ドールが国王との会話を終え、同じようにジル・オーセもまた国王へと進言をした。

奇《く》しくもそれは、シャン・ドールとは正反対の言葉だった。

――我が弟は、剣を持つには厳しすぎる。

その言葉をたどるように、ジル・オーセはシャン・ドールに告げる。

「お前の剣は、飾りに過ぎない。本当の剣とは、……人を殺す剣のことを言うのだ」

マクバーレンの当主はそれを、数々のいくさの中、血の海で知った。

いくさ場に出たことのない貴公子は未だ、その剣を知らない。

そしてアン・デュークは……それは、ジル・オーセの推測でしかないが。

彼が持っていたのは、生まれながらに人を殺す剣だった。剣には善悪がない。剣自体が、切ることに罪など覚えることはない。

聖剣の騎士であるということは、彼にとっては、躊躇わずに人を斬ることだった。そこに、騎士道などない。

だからこそ、優しい少年は、ずっとその牙を隠していた。周りにいる誰かを傷つけることがないように。

抜き身の刃を、臆病さと優しさという鞘で包んで。

「兄上、私は……」

打ちひしがれた弟の肩を、ジル・オーセは叩いた。

「お前には、教えることがまだまだあるな」

そして末弟に向き直り、その腰を折る。

「──私の弟が、ご無礼を」

それは剣の巫女への言葉のように思えたし、また同時に聖なる騎士への言葉のようにも思えた。

そのままシャン・ドールを連れ、屋敷を去ろうとしたジル・オーセだったが、その背に向かって、アン・デュークは声を掛けた。

「兄貴」

振り返った二人に、地に腰を下ろしたまま、青白い顔をしていたけれど、いつものように軽い調子で肩をすくめて、笑った。

「俺、少しは、兄貴達が自慢出来るような、騎士になれるかな……？」

頼りなげな、優しいその言葉に、シャン・ドールは静かに頷き。

「お前は聖騎士だ。アンディ。私達の誇り、そして、この国の誇りだ」

ジル・オーセが低い声でそう囁いた。

それを別れの挨拶とするように、アン・デュークは目を閉じる。


二人が消えてしばらく、オリエッタとアン・デュークは言葉もなく庭に座り込んでいたが、そっとオリエッタがアン・デュークの手を握った。地についた手の甲に重ねるように。

躊躇いがちではあったが、その手はもう、震えてはいなかった。

「……俺、シャン兄を殺すつもりだった」

「はい」と、オリエッタは頷く。

アン・デュークは手のひらを裏返し、握り返す。冷たく滑らかな、白いそれ。神殿で出会った時、つなげなかった手だ。自分の手にはふさわしくないと思った手だった。

アン・デュークはその手を思う。そこにある血の流れと、ぬくもりについて思いをめぐらせながら、空いた手で自分の目元を押さえ、言う。

「止められないと思ったんだ。止められるわけがないって。だって、そんなこと、考えることさえ出来ない。剣を持って、人を斬るって、ことは……」

頭の中が真っ白になって、剣の筋だけが全てになる。剣を持つということは、アン・デュークにとってはそういうことだった。

己自身が刃になることだった。

オリエッタはその顔を覗き込む。ゆっくりと、囁くように、アン・デュークに言う。

「……けど、あなたは、剣を止めたわ」

「君が見えた」

剣を振り下ろす瞬間、確かにアン・デュークの目は、『斬るべきなにか』ではなく、獣でも人でもない、オリエッタを捉えた。

振り下ろすために構えた剣だった。本能が、彼の中のなにかがそれを急き、そしてまた、彼の中の理性が彼の刃を止めた。

アン・デュークの胸が上下し、そして震える声で言った。

「ありがとう」

オリエッタは静かに目を閉じる。

「礼を言われるようなことではありません。兄弟で殺し合うなんて、そんなつらいことが、あっていいはずがない。わたくしなら……あなたの剣に斬られるのに、ふさわしかった。それだけのこと」

「英雄に斬られることが、巫女の役目だとでも言うのか」

彼女の言葉を遮り、否定するように、アン・デュークは言った。

「俺の剣は、斬ることしか出来ない。俺は殺すことしかしない。……英雄なんかじゃない」

言葉がかすれ、揺らぐ。

たとえ兄を斬り捨てたところで、その瞬間は、当然のことだと思っただろう。たとえどれほど生ぬるい血を浴びたとしても。剣を交わせばどちらかが倒れる。斬れば死ぬ。当然のように。

それを躊躇わない、自分が恐ろしく、おぞましかった。何千何百という後悔をしたところで、斬ることを躊躇わなかったという事実は、消えるはずがない。

砂のついた自分の手でオリエッタの手を握り込みながら、苦しみにあえぐように、アン・デュークは言った。

「剣を持った俺はただの狂人だ。けれど、俺の剣はなにかを守れるのか。——君を」

思わず漏らした言葉を、なにより後悔したのは彼自身だった。顔を歪め、こんなことは言ってはならないと思いながら、言葉を、止められなかった。

「たわごとだと思って、忘れてくれ。こんな言葉で君を縛りたくはない。騎士になんてなりたくなかった。けれど、剣を持った時に思ったんだ。俺はやっぱり、これから先も剣を持ち、この国に戻って来るのだろうって」

この国を捨てようとした時には、兄達にどれほど見限られても構わないと思っていた。後悔はないと。けれど、自分の中に流れるこの血は、剣を捨て、国を捨てても入れ換えられるわけではないのだ。誤魔化しながら生きて行けるとしても。

——そして、たとえ自分自身を、どれだけ殺すことが出来ても。

あの、玉座に生涯を捧げる友を、見捨てたくないと、今は思う。

「人を殺すことは、もう、構わない……。剣は、そのためのものだ。でも、俺は、俺はいくさ場でも、人でいたい。英雄じゃなくていい。聖なる騎士じゃなくてもいい。俺は俺の意思で、剣を振るって、なにかを、誰かを」

たとえば今、剣を止めたように。国や、友や。

「…………君を、守りたい」

理想でも、夢でも構わない。聖剣の巫女が聖騎士を守り祝福すると言うのであれば、それだけをと、アン・デュークは祈り、願った。

彼の名を呼ぶ、葉擦れのような、聖女の声がした。彼女の黒い瞳に浮かんでは消える、飛沫《ひまつ》のような様々な感情があった。

臆病者、卑怯《ひきょう》者と、オリエッタは罵ったけれど。

アン・デュークは騎士だった。剣に選ばれた聖騎士だ。聖剣はやすやすと、彼を殺させるようなことはしないだろう。彼は無限の力を得るだろう。

そしてアン・デュークは、戦いの中に身を投じ。

人を殺す、生に生きるのだと、オリエッタは思った。

そんな彼が、誰かを守りたいと言ったのだ。剣を握り、振るう、その理由に、いくさ場で人であるために、オリエッタを、守るものとしたいと。

聖剣の騎士となった男のための、巫女としての女の生き方。まさにそれは、美しい騎士と巫女の関係であるように思えたが。

オリエッタの、色を失った唇が震えた。

「わかりません」

あえぐように浅い息をつきながら、土に爪を立て、まつげを震わせて。オリエッタは囁いた。

「先代の巫女さまは、おっしゃいました。病の床につかれながら、死の息を吐きながら、毎日、毎日……」

それは、じきに死を迎えようとする剣の巫女だった。生涯聖騎士と出会うことが叶《かな》わず、老いて倒れた、哀れな女。そんな女が、オリエッタに囁き続けた言葉を、彼女は繰り返す。

「お前は美しい。お前の魔力は素晴らしい。お前こそが剣の巫女………」

呪詛《じゅそ》のような、魔術のような言葉をオリエッタは紡ぐ。過去をたどり、口にすることで、心を溶かすようにして。

そして、ひとしずくの涙が、落ちる。耐えきれず、堪えきれずに。透明な血のような、涙が。

「わたくしは守らねばならない。この剣を、この国を、人々を」

涙に遅れて、感情が浮かび上がる。くしゃりと顔を歪めて、唇を曲げて。

「だから、わからないわ」

まるで、道に倒れた子供のように、泣きじゃくる幼子のように、オリエッタは言った。

「だってあたし、守られたことなんて、一度もないんだもの……！」

アン・デュークは控えめな動作で、オリエッタの頭を引き寄せる。そして大きな手のひらで包み込むと、小さく数度、心の臓の速さで髪に触れた。

それを合図にして、オリエッタは泣き崩れる。子供のように。少女のように。

強い少女だと思っていた。逆境にも強い力で立てる、不自由ながらも美しい少女だと。

どれだけの人間が、何度彼女にそう言ったことだろう。

その言葉が、何度彼女を、一人にしたことだろう。

「それでもまだ」

悲しみを逃がさぬように、ぬくもりを伝えるように、抱きしめる手に力をこめながら、
アン・デュークは問うた。

「この国を愛したいか」

その問いに、オリエッタは頭を持ち上げ、覗き込むように聖騎士の顔を見つめながら、
涙に濡れた瞳を優しく揺らした。

そして、冷たい手で、アン・デュークの頰をなでると、そっと、教えた。

「あなたも、既にこの国を、愛していらっしゃいます」

その言葉に、彼は驚き、小さく苦笑する。

傍らには、シャン・ドールの持参した剣が倒れていた。それを視界の端に入れて、アン・デュークは呟くように言った。

「しきたりに振り回されるのはもうたくさんだ。聖剣なんてくそくらえって、今でも思ってる。……けど」

まぶたを下ろす。

「あの剣が、俺と君を、出会わせてくれた」

古くのしきたりが、一体どんな意味で、剣に巫女が与えられたのかは、アン・デュークにはわからないし、オリエッタにもまたわからなかったが。

剣が与えたのは、戦いに生きる生だけではなかったと、今なら、思うことが出来た。

アン・デュークはオリエッタの手を取ると、ゆっくりとその甲に口づける。

薄い背、細い肩に国という形なきものを背負い、片腕に聖なる剣を。

そして片腕には、彼女を抱いて。人を殺して、生きる覚悟で。

祝福の鐘の音が響いていた。

聖騎士の鎧を身につけてアン・デュークが王の前に出れば、そこにはもう式典の用意が済んでいた。新しい時代の聖騎士は視線だけで謁見の間を見回し、その参列者を見た。人数は少なかった。国民へのお披露目はまだ先だ。大臣達と、魔術師団長の男と、騎士団長はアン・デュークもよく知った勇士だ。

王の言葉も重々しく、そこにはアン・デュークと王にあるような、気安さはない。

アン・デュークは教えられた儀礼句を述べる。

続いて現れたオリエッタは、聖剣を持ち、美しい長衣《ちょうい》をまとい、アン・デュークの傍にかしずいた。

「――わたくし、オリエッタ・リューレは、ここに誓います。我が身を鞘とし、我が身を糧とし、我が身を尽くし」

陶器のように白いその頬と、僅かに紅を乗せた唇で、誓いの言葉を。

「この命果てるまで、聖剣と共にあらんことを」

受け取りながら、アン・デュークは誰にも聞こえないように、小さく囁く。

「お断りだよ」

驚きに目を見開く、オリエッタを覗き、アン・デュークは彼の誓いを告げた。

「俺が俺の生き方を生きるように、君には、君の生き方を、見つけてもらう」

聖剣がつなぐ、指先が触れる。

そして国には、聖騎士と剣の巫女が生まれる。

初陣のために、騎士団を率いる、その団長の隣で騎馬するアン・デュークを、オリエッタは静かな目で見つめていた。

「行って来る」

言葉を探したけれど、他には告げられず、軽い調子でそう言った。

オリエッタは頷き、静かに答える。

「……お気をつけて」

その白い頬に手を伸ばし、安心させるようになぞると、アン・デュークは茶化すように言った。

「奥方、旦那様に、いくさの無事を祈る口づけは？」

その言い方に、小さな笑みでオリエッタは答えた。

「わたくし、まだあなたの妻となったつもりはありませんわ」

「ちぇ。いい加減折れて欲しいもんだよ」

二人による、二人の生活は徐々に整いつつあった。扉を開け放たれた籠の鳥は、出入りを繰り返しながらひとつずつ、その鳥籠を居心地のよい巣にかえようとしているようだった。ただ、それでも伴侶という関係を認めようとはしなかった。

共に暮らし、同じものを食べ、笑い合うようになっても。

血を残せない自分の身体を恥じているのかも知れない。それはわからないではなかったけれど、それを求婚を断る理由にはさせない、とアン・デュークは思っていた。

我が子のように、守らねばならないものは、既に手の中にある。二人、互いの手の、間に。

「面倒はさっさと済ませて、なるべく早く帰るよ」

聖騎士にあるまじきやる気のない言葉に、オリエッタは顎を上げて言った。

「仕事に手を抜いて、他の騎士さまにご迷惑をおかけすることのありませんよう」

「わかったって！」

小言を避けるようにぱたぱたと手を振るアン・デュークにオリエッタは笑う。

その笑みがやわらかく、美しかったから、これから始まるしばしの別離に胸が痛みそうになった。

「……それじゃあ」

名残を振り切るように、背を向けた彼に、オリエッタが声を上げる。

「アンディ」

振り返る。オリエッタがアン・デュークに手を伸ばせば、彼もまた応えるように彼女へと手を伸ばした。

つながる手を、引き寄せて。目を伏せるとオリエッタはその手の甲に口づけをした。

剣を握るための手。これから、多くの血にまみれるであろう手に。

「わたくし、オリエッタ・マクバーレンは、ここに誓います」

その静かな声に、アン・デュークが驚き、目を見張る。

オリエッタは顔を上げ、その目を見た。そうして、彼女のよく知る誓いを、繰り返す。

それはかつて、一度、アン・デュークが断ったはずのもの。

「我が身を鞘とし、我が身を糧とし、我が身を尽くし」

微笑み、囁く。儀礼ではない、それは、二人だけの約束だ。

「——この命果てるまで、あなたと共にあらんことを」

誓いの言葉は、美しいさえずりのようだった。


聖剣が騎士を選び、十数年という月日が瞬く間に過ぎた。

かつて国を捨てて旅に出ようとしていた青年は、聖騎士として国の象徴となり、王家には呪われた紋をもつ、けれど力ある四肢の少年が、次代の王として妃を娶った。

この国は、じきに新しい王を得る。

そして聖剣の騎士と剣の巫女は、現在ひとつの大業と向き合っていた。

「こら、待ちなさい！　止まりなさい……っ！」

オリエッタが珍しく声を荒らげ、市場を駆けている。女性らしい美貌はそのままに、人生の深みをまた艶にかえて、美しくなった彼女はけれど、聖女ではなく一人の女の顔をしている。市場の人間が笑みながら口々に言う。

「なんだい、オリエッタ様またかい？」

「またみたいだね、おーい！　そっちにボウズが行ったぞー！」

この国を守る聖騎士と巫女は今——一人の少年を育てていた。

幼い子供だ。黒い髪はオリエッタ様に似ている、目元は、口元はアンディに、と街の人々は口々に言うが、その二人の間に生まれた子ではないことは、誰もがわかっていた。

同時に、そんなことは関係もないのだった。なにかの巡り合わせ、なにかの縁で、巫女が我が子と抱いた子がいるならば、それはまさに二人の子であろうと国の皆が思っていた。

赤子はあっという間に手の掛かる年齢になり、両親の隙を見ては家を抜け出し、こうして追い掛けられている。

その日も市場を駆け回る小さな身体を、ひとつの人影が前に出て抱き留めた。

「捕まえた」

その陽気な声に、少年が驚き顔を上げ、そして言った。

「父さん！」

家をあけていた聖騎士の帰還だった。街の人間がわっと沸く。

「アンディ！」

「帰っていたのか！」

「ああ、ついさっきね。――また母さんを駆け回らせていたのか、コノハ。今度はなんだい？」

しゃがみ込み、小さな少年を肩車をしながらアン・デュークが言う。コノハというのが少年の名前だった。駆け寄って来たオリエッタが、両手を腰に当てながら、おかえりなさいの言葉よりも先に発した。

「この子ったら、また魔術の勉強をさぼって逃げ出したの」

それに対してアン・デュークの髪を摑んだコノハが、意気揚々と言う。

「僕は騎士になるから！　お父さんみたいな聖剣の騎士になるから勉強なんかいらないんだ！」

その豪気な夢に、街の人々は手を叩いて沸いた。アン・デュークも愉快そうに笑う。けれど、笑うだけだ。

そのことに、コノハはむくれた顔をするのだった。

最近コノハは、育ててくれる両親に対して不満を持っていた。

アン・デュークもオリエッタも、毎日有り余らんほどの愛情を注いでくれる。けれど二人はコノハに、何かになれとは言わなかった。

国一番の聖なる騎士の子供であるのに。国一番の聖なる巫女の子供であるのに。魔術師になれとも、騎士になれとも、一度も。

きっと自分が二人の「本当の」子供ではないからだろうとコノハは思っている。

（僕が、お父さんとお母さんの本当の子供だったら、騎士になれと言ってくれた？　魔術師になれって、言ってくれた？）

家をあけることも多いアン・デュークのかわりに、オリエッタは片時も離れずコノハの傍にいた。そのことを鬱陶しがることも多くなったコノハは、オリエッタとその年何十回目かの喧嘩《けんか》をした夜に、大きな屋敷を飛び出した。

（母さんは、なにもわかってくれない！）

ずんずんと自分の庭のように慣れた城下の街を進みながらコノハは思う。

（僕も、騎士にだってなれる！　魔術師にだってなれるにきまってるんだ！）

誰もがそうなってくれと願うような、そんな存在になりたいと少年は思っていた。そうなることで初めて、人々の尊ぶ両親の子だと胸を張れるはずだと。

それを証明するために、コノハはある場所に向かっていた。

レッドアークに暮らす子供達の間には、絶対に犯してはならない禁忌がある。

国と隣接した、夜の森。その森には決して足を踏み入れてはならない。

そこには恐ろしい魔物がいる。

かつて子供がそこに迷い込み、両手両脚を鎖でつながれ、魔物に喰われてしまったらしい。

子供達の間に流布するその噂を、アン・デュークは明るく笑ったものだった。笑い飛ばせるのは、父親が強い騎士だからだとコノハは考えていた。僕だって、その騎士の子だ。

また、子供達に流布する噂にはこんなものもあった。

森に咲く赤い花。その花を摘んで来た者は、この国の英雄となれる——。

それを果たせば、父親も自分のことを認めるに違いない。

コノハはそう信じて、ランタンをひとつ持ち、鍛錬用の模造剣を携えて。夜の森に足を踏み入れたのだった。それが、どんな恐ろしい行為かも知らずに——。

初めて入り込む森は、あまりに暗かった。己を鼓舞し、肩で風をきって歩くコノハだったが、じきにその背を丸くし、怯えたような顔つきになって行った。

ぬるく強い風が吹く。葉擦れの音に紛れて、唸り声が聞こえるような気がした。

——こどもだ。

ばっとコノハが辺りを見回す。闇の奥、羽ばたきのような音がする。びゅおおびゅお

おと風がまた吹き……。

こども。

ひとのこだ。

いいや——。

聞こえるはずのない、声が、唸りが、魔物のそれだろうか。コノハの足が自然早くなる。救いを求めるように、天を見上げる。

夜の森に浮かぶ月は、ひとの街よりもずいぶん大きい。その大きな月を背に、大樹と思っていた陰が、ゆらりと動いた。

いや。

（樹《き》、じゃ、ない……）

ひととは違う肌の質感。どんな獣にもない腕の本数。そして、ぎょろりとした魔物の瞳が、コノハを捕らえた。

「う、うわ……」

ぶるっとコノハの身体が震え、逃げ出そうとするが、膝が笑って歩き出せなかった。真っ青な顔で、剣を投げ出しランタンだけを握って走り去ろうとした時、彼は気づいた。

己の背後は、まさに夜の闇そのもので。

自分が来た道も、わからない――。

恐怖の声を上げながら、がむしゃらに走る。その声に誘われるように、闇の蠢きが大きくなった。

次の瞬間、大きな木の根に足をとられ、コノハは転倒した。ランタンは倒れ、火が消えぶわりと涙が浮かんだ。

「お、お――」

おとうさん。

おかあさん……！

そう、声なき声で叫んだ。その時だった。

ふわりとコノハは、抱き上げられた。

何にかはわからない。辺りは夜の闇だった。そしてふわりと抱き留められたのは――羽だ。翼だ、これは。魔物の特有のにおいがした。けれど――恐ろしいとは思わなかった。

真っ暗な中で、声が響く。耳にではなく、脳に直接。

（まちにおかえり）

優しい声、柔らかな声だ。似ている。よく似ている。

寝床で聞く、母さんの、子守歌の声に。

（来てくれて、ありがとう）

その声だけで、微笑んでいることがわかる。闇の中に、不思議な紋様が浮かんでいる。

そして、月、二つの。

ああ、夜の森に浮かぶ月だ――。

（おやすみなさい、コノハ）

その瞳を閉じさせるように、羽のような手がまぶたを覆う。そうして最後にひとこと、囁く声は。

（愛おしい子よ――）

ゆっくりと、優しい眠りを、コノハに与えてくれる。眠りに落ちる瞬間、何故か古い、もっと幼い頃の記憶が蘇った。

もぐり込んだ父親の寝床で、父さんが教えてくれた、本当の父親のこと、母親のこと。

『君を生んだ母上も、父上も、君のことを本当に愛していたよ』

そんなのどうだっていい、とその時はコノハは思った。だって、僕にはお母さんだけだもの。お父さんだけだもの。

けれど、アン・デュークはその言葉に笑って、おだやかに言ったのだ。

『君のことを、本当に愛していた。今も、愛してる。そんな誰かがいることを、知っていてくれたら嬉しいんだ。君のことを、愛し、けれど、彼女達は願ったんだよ。小さな君に――ひととして生きて欲しいと』

ひとにはひとの幸せがあるだろう。

それを一度も欲しいと思わなかった自分達だけれど。

もしもいつか、この子がそれを望んだ時、それを望める場所に生きて欲しいと。

それがコノハの父親と母親の願い、祈りだったのだと。

その時は、よくわからないとコノハは思い。今も、そう思っているけれど。それはもしかしたら、こういうことなのかも知れないと、ぎゅっと夜を抱きしめ返しながら、コノハは思った。

コノハが次に目を覚ました時、そこは夜の森でも魔物の胃の腑《ふ》の中でもなく、大きな父親の背の上だった。

どうやらコノハは森の入り口で眠りこけていたらしい。そう言われると、全ては夢だったような気がしてくるから不思議だった。

だって、火が消えたはずのランタンも、練習用の模造剣も、かわらず父の手の中にあったのだから。

母さんは？　とコノハが聞いたら、「めちゃくちゃに怒ってる」とアン・デュークは笑った。コノハはぶるっと震えた。

「明日は父さんと一緒に花を買いに行こうな。大丈夫、お父さんも一緒に謝ってあげるから」

そう言うアン・デュークの背で、コノハは月を見ながら言った。

「ねぇお父さん」

夢の中のような夜の森、そこでのことを思い出しながら。それは、本当に自然にこぼれた言葉だった。

「――僕、あの森を守るひとになりたい」

剣を持ち、誰を守るのか。

魔術を使い、何を守るのか。

それを一度も思いもしなかった少年が、初めて胸に抱いた、素直な願いだった。

コノハの言葉に、アン・デュークは同じく月を見上げながら短く言った。

「そうか」

そうか、君はそうして生きて行くのか。

それから数百年、レッドアークには、夜の森を守る、守り人の一族が生まれることとなる。

この国の繁栄は――伝説は、夜の森と共に、続いて行く。

END

あとがき　――すべて伝承のひとつとして――

『ミミズクと夜の王』が電撃文庫から出版されたのは、二〇〇七年の二月のことです。私の投稿者としてのゴールであり、作家としてのスタートであり、言葉にならないほど多くの、まばゆいギフトをくれた出版でした。

それから十五年。私は当時の「あとがき」で、この物語を「忘れられてしまうお話で構わない」と書いたのだけれど、そうは、ならなかった。ならなかったんですね。とても不思議で、泣きたいくらい、あたたかな気持ちになります。

「新装版でミミズクを出しませんか」そう言われた時、抵抗がなかったかといえば、嘘《うそ》になります。なにも、なにひとつ新しくしなくとも、ミミズクはもう充分に愛された。愛され続けている。この姿で、この形で、これ以外の愛はいらないと思っていました。

でも、新しい形で出すことで、新しい誰かと出会えるのかもしれない。そうであったら幸福だし、以前の形の方が好きだと言ってもらえても、それもまた幸福なことだろうと思います。それだけのしなやかさ、強靱《きょうじん》さが、この物語にはすでにあると思うから。

今回は、前日談の収録とともに、きっと書くことはないのだろうと思っていた「その後の話」を、前日談の追加のエピソードとして入れ込むことにしました。

ミミズクと、夜の王が、そのあとどうなったのか。

それを書くことは、私にも出過ぎたことなんじゃないかと思っていた時期が長くありました。読んでくれた、あの子を抱きしめたすべての人の心の中に、二羽の行方があっていいと。

その気持ちは、今もかわりません。

ただ、未来を確定し、狭める意味でなく、そういうこともあったかもしれない、のひとつとして。せっかくもらえた機会に、書いてもいいのかもしれないと思いました。

十五年という月日が、私に筆をとらせてくれたのでしょう。

あの日から、小さなミミズクに光をくれた、すべての方に心から感謝をしています。

小さな可愛《かわい》いあなたは、ずっと私と一緒にきてくれたし。

ずっとみんなと、一緒にいてくれたんですね。これまでも、そして、これからも。

紅玉《こうぎょく》いづき

＜初出＞
本書は、2007年2月に電撃文庫より刊行された『ミミズクと夜の王』と、2014年8月に電子書籍で配信された『鳥籠巫女と聖剣の騎士』を加筆・修正したものです。

この物語はフィクションです。実在の人物・団体等とは一切関係ありません。